베아트

1866–1943
Beatrix Potter

동물을 사랑하고 문학을 즐겼던 베아트릭스는 '벤저민'과 '피터'라는 이름의 토끼를 키우면서 자연과 교감하는 감각을 키웠다. 이 '피터'를 데리고 여행하던 중에 가정교사의 어린 아들 노엘이 아프다는 말을 듣고는 그 소년을 위로하기 위해 지은 동화가 바로 『피터 래빗 이야기』다.
한편 식물을 사랑했던 베아트릭스는 왕립식물원에서 버섯을 연구했는데, 그녀의 논문은 당시 여성은 금지되었던 '영국린네협회'에서 인정받았음에도 불구하고 여성이라는 이유로 식물학자가 되는 걸 포기해야 했다. 그러나 좌절은 결코 실패가 아니다. 여러 출판사에서 거절당했던 『피터 래빗 이야기』(1902)는 출간 즉시 베스트셀러가 되었고, '피터 래빗'은 상표 등록이 된 문학 캐릭터로서는 세계에서 가장 오래된 주인공이 된다.
이 과정에서 베아트릭스는 자신의 작품 세계를 이해해 주는 편집자와 사랑에 빠진다. 아직 엄격한 신분제 사회였던 빅토리아 시대에 가족의 반대를 무릅쓰고 힘겹게 맺은 인연이었으나, 약혼자가 급성백혈병으로 사망하는 비극을 겪는다. 그러나 베아트릭스는 또다시 일어선다.
상실감을 달래기 위해 레이크디스트릭트로 들어가 농부가 되더니, 이번에는 무분별한 개발에 반대하는 환경운동가로 변신한다. 베아트릭스는 인세 수입을 모아 농장들을 사들이기 시작했고, 사십 대 후반에 이 외로운 투쟁을 도왔던 지방 변호사 윌리엄 힐리스와 결혼한다. 이러한 노력 덕분에 그녀가 땅을 기증한 '내셔널트러스트'는 세계적인 기구로 성장할 수 있었다. 『피터 래빗 전집』은 이처럼 삶 자체가 아름다운 투쟁이었던 작가의 '용기와 위로'가 깃든 영원한 고전이다.

피터 래빗 전집

피터 래빗 전집

베아트릭스 포터

황소연 옮김

민음사

차례

THE TALE OF PETER RABBIT

피터 래빗 이야기

옛날 옛날 래빗네 집에는 아기 토끼가 넷 있었는데, 이름은 플롭시(토깽이)와 몹시(아기)와 코튼테일(솜 꼬리)과 피터였다. 그들은 엄마 토끼와 커다란 전나무 뿌리 밑 모래 두둑 안에서 살았다.

어느 날 아침 래빗 부인이 말하기를,

“얘들아, 들판에 나가거나 길을 따라가는 건 좋지만 맥그리거 씨 텃밭에는 들어가면 안 된다.

네 아버지는 멋모르고 거기 들어갔다가 맥그리거 부인의 파이가 되었단다. 이제 나가 놀아라, 말썽 부리지 말고. 엄마는 외출할 거야."

래빗 부인은 바구니와 우산을 들고 숲을 가로질러 빵집에 갔다. 거기서 흑빵[1] 한 덩이와 건포도 빵 다섯 개를 샀다.

말 잘 듣는 토끼인 플롭시와 몹시와 코튼테일은 블랙베리[2]를 주우러 길을 따라 내려갔다.

하지만 장난꾸러기 피터는 맥그리거 씨 텃밭으로 곧장 달려가 대문 밑을 비집고 들어갔다!

피터는 먼저 상추와 강낭콩을 조금 맛보고 나서 순무를 조금 먹었다.

그러다 속이 울렁거려 파슬리를 찾으러 돌아다니던 중 오이 밭 모퉁이에서 맥그리거 씨와 딱 마주치고 말았다!

엎드려서 양배추 모종을 심고 있던 맥그리거 씨는 벌떡 일어나 갈퀴를 흔들고 고함을 지르며 피터를 쫓았다.

"게 섰거라, 이 도둑놈!"

피터는 덜컥 겁이 나서 대문으로 가는 길을 까먹는 바람에 이리저리 텃밭을 뛰어다니다 양배추밭에서 신발 한 짝을 잃어버렸다.

다른 한 짝은 감자 밭에서 잃어버렸다.

피터는 신발을 잃어버린 후 네 발로 더 빨리 달렸기 때문에 무사히 도망칠 수 있었다. 그런데 하필 구스베리[3] 밭에 뛰어들었다가 웃옷의 커다란 단추가 그물에 걸리고 말았다. 황동 단추가 달린 파란 새 웃옷이었다.

피터는 이제 죽었구나 싶어서 눈물을 뚝뚝 흘렸다. 하지만 피터의 울음소리를 들은 참새들이 후드득 후드득 날아와 힘을 내라고 피터를 응원했다.

맥그리거 씨가 이번에는 체를 씌워 잡을 요량으로 체를 들고 다가왔다. 하지만 피터는 몸부림을 쳐서 웃옷을 벗어 버리고 아슬아슬하게 그물을 빠져나갔다.

그러고는 농기구 창고로 달려 들어가 양철통 속으로 뛰어들었다. 양철통은 숨기에 딱 좋은 곳이었지만 하필 안에 물이 가득했다.

맥그리거 씨는 요놈이 분명 농기구 창고 어딘가에 있을 거야, 아마도 화분 밑에 숨었을 거야, 하고 생각하고는 조심조심 화분들을 하나하나 뒤집었다.

얼마 후 피터는 "에취!" 하고 재채기를 했고, 맥그리거 씨는 득달같이 피터를 쫓아와 발로 피터를 밟으려 했다. 하지만 피터는 폴짝폴짝 뛰어올라 화분 세 개를 넘어뜨리며 창문 밖으로

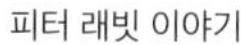

달아났다.

맥그리거 씨가 나가기에는 너무 작은 창문이라 맥그리거 씨는 쫓기를 포기하고 남은 일을 하러 돌아갔다.

피터는 한숨 돌리려고 주저앉았다. 숨이 가쁘고 몸이 부들부들 떨릴 만큼 무서웠으며, 어디로 가야 할지 막막했다. 게다가 양철통 안에 숨었던 터라 몸이 축축했다.

잠시 후 피터는 이리 폴짝 저리 폴짝 더디 뛰어다니며 주변을 두리번거렸다.

벽에 쪽문이 하나 있었지만 잠겨 있는 데다 밑에는 통통한 꼬맹이 토끼가 비집고 들어갈 틈이 없었다.

어른 쥐 한 마리가 부지런히 돌계단을 오르내리며 강낭콩이며 검정콩을 숲속 가족에게 나르고 있었다.

피터는 쥐 아줌마에게 대문으로 가는 길을 물었지만 쥐 아줌마는 입안에 커다란 검정콩을 물고 있어서 대답하지 못했다. 그

저 피터에게 고개만 저을 뿐이었다. 피터는 울음을 터뜨렸다.

피터는 텃밭을 가로지르며 길을 찾아보았지만 거기가 어디인지 점점 더 헷갈리기만 했다. 그러다 맥그리거 씨가 물을 긷는 작은 샘에 도달했다. 거기에는 하얀 고양이가 금붕어들을 구경하고 있었다.

암고양이는 꼼짝하지 않고 가만히 앉아 있었는데 가끔 꼬리 끝이 움찔거리는 것으로 보아 분명 살아 있었다. 피터는 말을 걸지 말고 그냥 가는 게 좋겠다고 생각했다. 고양이들이 어떤 존재인지 꼬마 사촌 벤저민 버니에게 들어서 익히 알고 있었다.

피터는 농기구 창고로 되돌아가다 근처에서 나는 괭이질 소리를 들었다.

드르르륵, 드륵, 드륵, 드륵.

피터는 얼른 덤불 속으로 뛰어 들어갔다.

하지만 아무 일도 일어나지 않았고 피터는 밖으로 나와 손수레 위로 기어올라 바깥을 빼끔 내다보았다. 가장 먼저 보인 것은 양파 밭에서 괭기질을 하는 맥그리거 씨였다. 피터에게 등을 돌린 맥그리거 씨 너머에 대문이 있었다!

피터는 살그머니 손수레를 내려와 블랙베리 관목

뒤편의 오솔길을 전속력으로 내달리기 시작했다.

맥그리거 씨는 언뜻 피터를 보았지만, 피터는 개의치 않고 대문 밑을 빠져나와 텃밭 밖 숲에 무사히 도착했다.

맥그리거 씨는 찌르레기를 쫓으려고 피터의 조그만 웃옷과 신발을 걸어 허수아비를 만들어 세웠다.

피터는 멈추지도 돌아보지도 않고 집을 향해 줄곧 내달려 큰 전나무에 도달했다.

피터는 너무 지쳐서 토끼 굴 바닥의 보드라운 모래 위에 쓰러져 눈을 감았다. 엄마는 요리를 하느라 바빴다.

래빗 부인은 피터의 옷이 어디로 사라졌는지 궁금했다. 피터는 보름 만에 또 웃옷과 신발을 잃어버린

것이다!

가엾게도 피터는 그 날 저녁 내내 끙끙 앓았다. 래빗 부인은 피터를 침대에 눕힌 후 캐모마일[4] 차를 끓여 피터에게 조금 먹였다!

"잠들기 전에는 티스푼으로 한 숟갈만 먹는 거야."

하지만 플롭시와 몹시와 코튼테일은 저녁으로 빵과 우유와 블랙베리를 먹었다.

다람쥐 넛킨 이야기

이것은 꼬리에 관한, 정확히는 넛킨이라는 꼬마 붉은날다람쥐[5]의 꼬리에 관한 이야기다.

넛킨에게는 형제인 트윙클베리와 엄청나게 많은 사촌들이 있었다.

그들은 호숫가 끝 숲속에 모여 살았다.

호수 한가운데에는 견과를 맺는 떨기나무와 큰키나무가 우거진 섬이 있었다.

그곳의 나무들 중 속이 빈 참나무 한 그루가 있

었는데, 그 나무는 '올드 브라운'이라는 올빼미의 집이었다.

견과가 익고 개암나무[6] 이파리가 금빛과 초록빛으로 물든 어느 가을날, 넛킨과 트윙클베리와 꼬마 다람쥐들은 숲을 빠져나와 호숫가로 내려갔다.

그들은 잔가지로 만든 작은 뗏목을 타고 호수를 건너 견과를 주우러 올빼미섬으로 나아갔다.

다람쥐들은 저마다 작은 자루를 들고 꼬리를 돛 삼아 활짝 펼친 채 큰 노를 저었다.

그들은 브라운 영감에게 바치려고 가져온 통통한 쥐 세 마리를 올빼미 집 문간에 내려놓았다.

트윙클베리와 꼬마 다람쥐들은 저마다 머리를 조아리며 공손히 말했다.

"브라운 영감님, 이 섬의 견과를 주워 가고 싶은데 허락해 주실 거죠?"

하지만 넛킨은 무례하기 짝이 없게도 빨간 체리처럼 촐랑촐랑 까불대며 노래를 불렀다.

"수수께끼, 수수께끼, 랄랄라!
빨간 외투를 입은 조그만 할아범!
손에는 지팡이, 목구멍에는 돌멩이.

수수께끼를 맞히면 은화를 줄게."

이 수수께끼는 언덕만큼이나 오래된 것이라 브라운 영감은 넛킨에게 알은체도 하지 않았다. 그냥 눈을 꾹 감고 잠이 들었다.

다람쥐들은 자루에 견과를 가득 담아 저녁에 호수를 건너 집으로 돌아갔다.

이튿날 아침 그들은 올빼미섬을 다시 찾았다.

트윙클베리와 다른 다람쥐들은 준비해 온 통통하고 싱싱한 두더지를 올드 브라운의 집 앞 바위에 올려

놓으며 말했다.

“브라운 영감님, 견과를 더 주워 가고 싶은데 너그러이 허락해 주실 거죠?”

하지만 넛킨은 버릇없게 쐐기풀[7]로 브라운 영감을 간질이며 폴짝폴짝 춤추고 노래했다.

"브라운 할아범! 수수께끼를 맞혀 봐!
벽 안에서 까칠까칠,
벽이 없어도 까칠까칠,
까칠까칠이를 건드리면
까칠까칠이에게 물리지!"

브라운 영감은 별안간 깨어나 두더지를 집 안에 들여놓았다. 그러고는 넛킨의 면전에서 문을 쾅 닫았다.

얼마 후 장작불에서 가느다란 푸른 연기가 나무 꼭대기 밖으로 피어올랐고, 넛킨은 열쇠 구멍으로 집 안을 들여다보며 노래했다.

"집 안에 가득가득, 구멍에 가득가득!
그래도 그릇에 담을 수 없지!"

다람쥐들은 온 섬을 뒤져 작은 자루에 견과를 가득 담았다.

하지만 넛킨은 노랗고 불그스름한 오크 애플[8]을 모아 놓고, 너도밤나무[9] 그루터기에 앉아 구슬치기를 하며 브라운 영감의 집 문을 바라보았다.

사흘째 되는 날 다람쥐들은 아침 일찍 일어나 낚시를 해 브라운 영감에게 선물할 통통한 피라미 일곱 마리를 잡았다.

그들은 호수 건너 올빼미섬의 고불고불한 밤나무 아래에 도달했다.

트윙클베리와 꼬마 다람쥐 여섯은 각자 통통한 피라미를 한 마

리씩 가져갔다. 하지만 버릇없는 넛킨은 아무것도 선물하지 않고 앞에서 알짱대며 노래만 불렀다.

"숲속의 남자가 내게 물었네,
'바다에는 딸기가 얼마나 자랄까?'
나는 한참을 생각하다 말했네.
'숲에서 빨간 청어[10]가 자라는 만큼.'이라고."

하지만 브라운 영감은 수수께끼에 전혀 관심을 보이지 않았다. 답을 말해 줘도 마찬가지였다.

나흘째 되는 날 다람쥐들은 자두 푸딩의 자두만큼 맛나고 통통한 딱정벌레 여섯 마리를 브라운 영감에게 선물로 가져갔다.

참소리쟁이[11] 잎으로 고이 싸서 솔잎 침으로 고정한 딱정벌레였다.

하지만 넛킨은 평소처럼 제멋대로 노래만 불렀다.

"브라운 할아범! 수수께끼 맞혀 봐!
잉글랜드의 가루와 스페인의 과일이 소나기 속에서 만났네.
자루에 넣어 끈으로 묶었지.
이 수수께끼를 맞히면 반지를 줄게!"

그것은 허풍이었다. 넛킨은 브라운 영감에게 줄 반지를 가지고 있지 않았다.

다른 다람쥐들은 견과 나무를 오르내리며 견과를 주웠지만 넛킨은 찔레나무에서 벌레혹[12]을 모아 솔잎 핀을 한가득 꽂았다.

닷새째 되는 날 다람쥐들은 야생 꿀을 선물로 가져갔다.

워낙 달콤하고 끈끈한 꿀이라 그들은 손가락을 핥으며 바위에 꿀을 올려놓았다. 언덕 맨 꼭대기 호박벌 둥지에서 훔쳐온 꿀이었다.

하지만 넛킨은 촐랑거리며 노래했다.

"랄-랄-라! 붕! 붕! 랄-랄-라 붕!
티플타인에 가는 길에 예쁜 돼지 떼를 만났네.
목이 노란 돼지, 등이 노란 돼지!
참으로 탐스러운 돼지들이 티플타인으로 갔다네."

브라운 영감은 넛킨의 무례함에 눈을 부라렸다. 하지만 꿀은 모두 먹어 치웠다!

다람쥐들은 작은 자루에 견과를 가득 채웠다. 하지만 넛킨은 커다란 넓적 바위에 앉아 돌능금[13]과 초록빛 솔방울로 볼링 놀이를 했다.

엿새째 되는 날 토요일에 다람쥐들은 마지막 여정에 나섰다. 그들은 브라운 영감에게 바칠 마지막 선물로 작은 골풀[14] 바구니에 갓 낳은 달걀을 하나 가

져갔다. 하지만 넛킨은 앞에서 알짱대고 웃으며 소리쳤다.

"개울물에 누운 땅딸보,
목에 하얀 이불을 둘렀네,
의사 마흔 명도, 목수 마흔 명도
땅딸보를 똑바로 세우지 못하리!"

브라운 영감은 달걀에 관심을 보이며 한 눈을 떴다가 도로 감았다. 하지만 여전히 말은 하지 않았다.

넛킨은 점점 더 건방지게 행동했다.

"브 할아범! 브 할아범!

궁전 부엌문 위의 말고삐, 말고삐.

왕의 말들도 왕의 부하들도

궁전 부엌문에서 벗기지 못하는

말고삐, 말고삐!"

넛킨은 햇살처럼 폴짝폴짝 춤추었지만 브라운 영감은 여전히 아무 말도 하지 않았다.

넛킨은 다시 노래했다.

"나무 그늘 아서가 줄을 끊고
호령하며 땅에 몰아치네!
스코틀랜드 왕이 용을 써도
나무 그늘 아서를 막을 수 없네!"

넛킨은 바람 소리를 휘휘 내고는 폴짝 뛰어 브라운 영감의 머리에 올라탔다!

별안간 퍼덕퍼덕 실랑이하는 소리와 "깩!" 하는 비명 소리가 났다. 다른 다람쥐들은 후다닥 떨기나무숲속으로 흩어졌다.

그들이 살그머니 숲에서 나와 나무 뒤에서 내다보니 브라운 영감은 아무 일 없다는 듯 문간 계단에 가만히 앉아 눈을 감고 있었다.

하지만 넛킨은 영감의 조끼 주머니 안에 있었다!

이것으로 이야기가 끝난 것 같지만 아니다.

브라운 영감은 넛킨을 집 안으로 데려가 꼬리를 잡아 거꾸로 들고는 털가죽을 벗기려 했다. 하지만 넛

킨이 대차게 버둥거리자 그만 꼬리가 둘로 뚝 끊어지고 말았다. 녀석은 계단을 달려 올라가 다락방 창문 밖으로 달아났다.

오늘이라도 나무 위에 있는 넛킨을 만나거든 수

수께끼를 내 보시길.

녀석은 나뭇가지를 내던지고 발을 콩콩 구르며 야유하고 소리칠 것이다.

"쿡-쿡-쿡-쿠르-르-르-쿡-크-크!"

글로스터의 재봉사 이야기

장검과 가발과 치렁치렁한 꽃무늬 외투의 시절, 신사들이 러플[15] 옷과 금빛 레이스를 단 패듀어소이[16]와 태피터[17] 조끼를 입던 시절. 글로스터에 한 재봉사가 살았다.

재봉사는 아침부터 저녁까지 웨스트게이트 거리에 있는 작은 가게 창가 탁자 위에 책상다리를 하고 앉아 있었다. 빛이 있는 한 그는 폼파두르 무늬의 새틴[18]

과 루트스트링[19]을 꿰매고 다듬고 이었다. 글로스터의 재봉사가 살던 시절에는 이름이 희한하고 대단히 값비싼 재료들이 많았다.

재봉사는 이웃을 위해 멋진 실크를 바느질했지만 정작 본인은 지독한 가난뱅이였고, 안경을 낀 야윈 얼굴에 늙어 고부라진 손가락, 해질 대로 해진 옷차림의 왜소한 노인이었다.

그는 외투감을 재단했다. 한 치의 낭비 없이 수놓인 옷감을 잘라 내자 탁자 위에는 아주 작은 끝자락과 자투리만 남았다. "이건 폭이 너무 좁아 쓸모가 없겠어. 생쥐 조끼라면 모를까." 하고 재봉사는 중얼거렸다.

크리스마스를 앞두고 맹추위가 들이닥친 어느 겨울날, 재봉사는 외투를 짓기 시작했다. 팬지와 장미꽃이 수놓인 체리 빛 코디드 실크[20] 외투와 가장자리를

거즈와 초록빛 소모사[21] 셔닐직[22]으로 장식한 크림색 새틴 조끼는 글로스터 시장이 입을 옷이었다.

재봉사는 쉬지 않고 일했고, 혼잣말을 곧잘 중얼거렸다. 실크의 치수를 재고, 옷감을 요리조리 돌리고, 가위로 가장자리를 다듬어 모양을 잡았다. 체리 빛 자투리들이 탁자 여기저기로 흩어졌다.

"이건 너무 좁네. 똑바로 잘리지도 않았어. 너무

좁아. 생쥐 어깨띠나 모자 리본으로 맞겠네. 생쥐들 것으로 딱이야!" 하고 글로스터의 재봉사는 말했다.

눈송이가 휘날려 작은 납 틀 판유리창에 부딪히고 햇빛이 사그라들자 재봉사는 일과를 마쳤다. 탁자 위에는 마름질한 실크와 새틴 옷감들이 놓여 있었다.

외투용 옷감 열두 조각, 조끼용 옷감 네 조각, 주머니 뚜껑과 소맷동 옷감들이 준비되어 있었고, 단추들도 가지런히 놓여 있었다. 외투 안감용 노란색 태피터와 조끼 단춧구멍을 만들 체리 빛 빔실[23]도 있었다. 내일 아침부터 바느질할 수 있게 모든 준비가 끝난 것이다. 모든 것이 계획대로 진행되었고 재료도 넉넉했지만 딱 하나, 체리 빛 실크 빔실 한 타래가 부족했다.

날이 저물어 재봉사는 가게를 나섰다. 밤이면 잠을 자는 곳이 따로 있었기 때문이다. 재봉사는 창문 걸쇠를 걸고 문을 잠그고 나서 열쇠를 뺐다. 밤이 되면 가게에는 아무도 없었고, 작은 갈색 생쥐들만 열쇠 없이 집 안팎을 들락거렸다.

글로스터의 오래된 집들에는 나무 징두리판벽[24]

뒤에 작은 생쥐들의 계단과 비밀 문이 나 있었다. 생쥐들은 비좁은 통로로 이 집에서 저 집으로 내달렸고, 굳이 거리로 나가지 않아도 도시 전체를 누빌 수 있었다.

하지만 재봉사는 가게를 나와 눈길을 터벅터벅 걸어 집으로 향했다. 그의 집은 칼리지 코트 근처로, 칼리지 그린과 맞닿는 곳에 있었다. 재봉사는 너무 가난해서 크지도 않은 본채의 부엌만 세 들어 살았다.

그는 심킨이라는 이름의 고양이와 단둘이 살았다.

재봉사가 가게에서 종일 일하는 동안 심킨은 혼자 집을 지켰다. 심킨도 역시나 생쥐를 좋아했지만 생쥐들에게 새틴 외투를 만들어 주지는 않았다!

재봉사가 문을 열자 "냐아아?" 하고 고양이가 울었다. "냐아아?"

재봉사는 대답했다. "심킨, 우리는 곧 큰돈을 벌

게 될 거야. 하지만 지금은 실타래처럼 기운이 하나도 없구나. 이 은화(우리 전 재산인 4펜스 은화)를 받아. 그리고 심킨, 병을 가져가서 1페니어치의 빵과 1페니어치의 우유와 1페니어치의 소시지를 사오렴. 그리고 심킨, 4펜스 중 남은 돈으로 1페니어치의 체리 빛 빔실을 사와. 마지막 1페니를 잃어버려선 안 돼, 심킨. 만약 그랬다가는 나는 낭패를 볼 거야. 실타래 포장지처럼 비

쩍 말라서 말이지. 빔실이 다 떨어졌거든."

심킨은 또다시 "냐아아?" 하고 울고는 은화와 병을 들고 깜깜한 바깥으로 나갔다.

재봉사는 몹시 피곤했고 몸이 슬슬 아프기 시작했다. 그는 난롯가에 앉아 멋진 외투에 대해 중얼거렸다.

"큰돈이 들어올 거야…… 바이어스 재단을 해야지…… 글로스터 시장님은 크리스마스날 아침에 결혼

하실 예정이라 외투와 수놓은 조끼를 주문했지…… 안감은 노란 태피터로 할 거야…… 태피터는 충분해…… 자투리 천은 이제 남은 게 없어, 생쥐 어깨띠 만들 것밖에는."

그러다 재봉사는 깜짝 놀랐다. 별안간 부엌 맞은편 찬장 쪽에서 작은 소리가 연거푸 났기 때문이다.

톡톡, 톡톡, 톡톡톡!

“무슨 소리지?” 재봉사는 의자에서 벌떡 일어나 말했다. 찬장에는 사기그릇과 병, 버들 문양의 접시와 찻잔과 컵이 가득했다.

재봉사는 맞은편으로 건너가 찬장 옆에 가만히 서서 귀를 기울이고 안경 너머로 찬장을 살폈다. 찻잔 밑에서 이상하고 작은 소리가 또다시 들려왔다.

톡톡, 톡톡, 톡톡톡!

“정말 희한한 소리네.” 글로스터의 재봉사는 중얼거리고 나서 엎어진 찻잔을 들어 올렸다.

찻잔 안에서 작은 숙녀 생쥐가 쪼르르 나와 재봉사에게 인사를 했다! 그러고는 찬장에서 폴짝 뛰어내려 징두리판벽 속으로 사라졌다.

재봉사는 다시 난롯가에 앉아 차갑고 가련한 손을 덥히며 중얼거렸다.

“조끼용으로 복숭아색 새틴을 재단해 두었어…… 탬버 스티치[25]와 아름다운 푼사[26]로 장미 꽃봉오리를 수놓아야지! 마지막 4펜스를 심킨에게 맡긴 건 잘한 걸까? 체리 색 빔실로 지은 스물한 개의 단춧구멍이

라!"

하지만 찬장 쪽에서 별안간 작은 소리가 또다시 들렸다.

톡톡, 톡톡, 톡톡톡!

"거참, 별일이네!"

글로스터의 재봉사는 엎어진 다른 찻잔을 뒤집었다. 이번에는 작은 신사 생쥐가 밖으로 나와 재봉사에

게 고개를 숙였다!

그때 찬장 곳곳에서 합창을 하듯 톡톡 두드리는 작은 소리들이 일제히 들려왔다.

벌레 먹은 낡은 덧창 안에 빗살수염벌레[27]가 있는 것처럼 일제히 서로에게 응답하는 소리였다.

톡톡, 톡톡, 톡톡톡!

그러다 찻잔과 대접과 대야 밑에서 또 다른 작은

생쥐들이 쪼르르 나오더니 찬장 아래로 폴짝폴짝 뛰어내려 징두리판벽 속으로 사라졌다.

재봉사는 난롯가에 붙어 앉아 한탄했다. "체리 색 명주실로 지은 단춧구멍 스물한 개라! 토요일 정오까지 끝내야 하는데 오늘이 화요일 저녁이야. 생쥐들을 그냥 보낸 건 잘한 걸까? 분명 심킨이 잡아 놓은 거겠지? 아이고, 큰일 났네. 빔실이 하나도 없으니!"

작은 생쥐들이 다시 나와 재봉사의 말에 귀를 기울였다. 생쥐들은 멋진 외투를 위한 마름질이 끝난 걸 알고는 태피터 안감과 작은 생쥐 어깨띠에 대해 속삭였다.

그러다 생쥐들은 일제히 서로를 부르며 징두리판벽 속 통로를 내달려 한 집에서 다른 집으로 이동했고, 심킨이 우유가 담긴 병을 가지고 돌아올 무렵 재봉사의 부엌에는 단 한 마리의 생쥐도 남아 있지 않았다!

심킨은 문을 열고 뛰어 들어와 화가 난 고양이가 그렇듯 "카-아-아-악!" 하고 화를 냈다. 눈이라면 질색인데 귀 안에도 뒷깃에도 눈이 쌓여 있었기 때문이

다. 심킨은 빵 덩어리와 소시지를 찬장에 넣어 놓고는 킁킁 냄새를 맡았다.

"심킨." 재봉사가 물었다. "빔실은 어디 있니?"

하지만 심킨은 우유병을 찬장에 넣고 나서 의심스러운 눈초리로 찻잔들을 쳐다보았다. 고 토실토실한 작은 생쥐들은 그의 저녁거리였다!

"심킨." 재봉사가 다시 물었다. "빔실은 어디 있

니?"

하지만 심킨은 작은 꾸러미를 찻주전자 속에 감추고 나서 재봉사에게 침을 탁 뱉고 으르렁 성질을 부렸다. 심킨이 말을 할 수 있었다면 "내 생쥐 어디 있어?" 하고 따졌을 것이다.

"아이고, 망했네!" 하고 글로스터의 재봉사는 말하고 나서 처량하게 잠자리에 들었다.

심킨은 밤새 부엌을 샅샅이 뒤지고 살폈다. 찬장 안과 징두리판벽 밑, 빔실을 숨겨 놓은 찻주전자 안까지 들추며 살폈지만 생쥐는 한 마리도 없었다!

재봉사가 중얼중얼 잠꼬대를 할 때마다 심킨은 "니야야-카-아-아-악!" 하고 성질을 부리며 밤에 고양이들이 그러하듯 기묘하고 무서운 소리를 냈다.

가엾은 재봉사 영감은 열이 오르고 몸이 아파 네

기둥 침대 안에서 끙끙 앓으며 뒤척였는데, 비몽사몽간에도 "빔실이 모자라! 빔실이 모자라!" 하고 중얼거렸다.

재봉사는 그날 종일 끙끙 앓았다. 다음 날도 그다음 날도. 체리 색 외투는 어떻게 되는 걸까?

마름질이 끝나 웨스트게이트 거리 가게 안 탁자 위에 놓인 수놓은 실크와 새틴은, 스물한 개의 단춧구멍은 누가 바느질하러 올까? 창문에는 빗장이 걸려 있고 문은 단단히 잠겨 있는데?

하지만 빗장도 자물쇠도 작은 갈색 생쥐들을 막지는 못했다. 그들은 열쇠 없이도 글로스터의 오래된 집이란 집은 전부 마음대로 들락거릴 수 있었다!

거리에는 시장 사람들이 거위와 칠면조를 사고 크리스마스 파이[28]를 구우러 눈길을 지나다녔다. 하지만 심킨과 가엾은 재봉사 영감에게 크리스마스 성찬은 없었다.

재봉사는 꼬박 사흘 밤낮을 끙끙 앓았다. 내리 사흘을 앓다 깨어 보니 크리스마스 전날, 게다가 한밤중

이었다. 달님이 지붕과 굴뚝 위로 떠올라 칼리지 코트 입구를 내려다보았다. 집집마다 불이 꺼져 창가가 컴컴했고 인기척도 없었다. 글로스터 전체가 눈을 맞으며 곤히 잠들어 있었다.

심킨은 생쥐에 대한 미련을 못 버리고 네 기둥 침대 옆에 서서 계속 냐옹냐옹 울었다.

하지만 옛날이야기에서는 동물들이 말을 할 수

있었다. 특히 크리스마스 전날과 크리스마스 당일 아침 사이 밤에는 더더욱. (그들의 말소리를 듣거나 무슨 뜻인지 알아들을 수 있는 사람은 아주 드물지만.)

성당 시계가 12시를 쳤을 때 대답이 들려왔다. 얼핏 시계 종소리의 메아리 같기도 했지만, 심킨은 그 소리를 듣고 재봉사의 집을 나와 눈길을 돌아다녔다.

글로스터의 오랜 목조 가옥마다 쾌활하게 부르는

오래된 크리스마스 노래들이 지붕 위아래로 울려 퍼졌다. 내가 아는 노래들은 모두 불렀고, 「위팅턴의 종」 같은 모르는 노래도 몇 곡 있었다.

수탉들이 먼저 제일 큰 소리로 외쳤다. "암탉들아, 어서 일어나, 파이 구워야지!"

"하, 얼씨구, 얼씨구절씨구!" 심킨은 한숨을 쉬었다.

어느 다락방에서 불이 켜지고 춤추는 소리가 나더니 고양이들이 나타났다.

"어이, 디들, 디들, 고양이와 바이올린![29] 글로스터의 고양이란 고양이는 죄다 모였군, 나만 빼고." 하고 심킨이 말했다.

목조 가옥 처마 밑에서 찌르레기와 참새 들이 크리스마스 파이 노래를 불렀고, 성당 탑에서는 갈까마귀들이 잠에서 깼다. 아직 한밤중이기는 했지만 개똥지빠귀와 울새 들이 노래를 불렀다. 지저귀는 조그만 노랫소리가 온 세상에 가득했다.

하지만 배고픈 가엾은 심킨에게는 거슬리는 소음일 뿐이었다!

특히 어느 격자창 뒤에서 나는 작고 날카로운 목소리들이 아주 못마땅했다. 아마 박쥐였을 것이다. 박쥐의 목소리는 항상 아주 작기 때문이다. 특히 된서리가 내릴 때 박쥐들은 글로스터의 재봉사처럼 잠꼬대를 한다.

박쥐들은 이렇게 알쏭달쏭한 말을 지껄였다.

"검정파리가 말했네, 앵앵. 벌이 말했네, 붕붕.
앵앵 붕붕거리네, 우리들처럼!"

심킨은 보닛 안에 벌이라도 있는 양 귀를 쫑긋거리며 자리를 떴다. 웨스트게이트 거리에 있는 재봉사의 가게에서 불빛이 새어 나왔다. 심킨이 창가로 기어올라가 안을 들여다보니 가게 안에 촛불이 환했다. 가

위질 소리와 바느질 소리가 들렸고, 작은 생쥐들의 힘차고 명랑한 노랫소리도 들려왔다.

"재봉사 스물네 명이
달팽이를 잡으러 갔네.
가장 솜씨 좋은 재봉사도
달팽이 꼬리 하나 잡지 못했지.

달팽이는 뿔을 내밀었네
카일로 소[30]처럼.
뛰어요, 재봉사님들, 뛰어요!
달팽이에게 잡아먹히기 전에."

작은 생쥐들의 노랫소리는 잠시도 쉬지 않고 이어졌다.

"마님의 귀리 가루를 체질하자.
마님의 밀가루를 빻자.
밤 껍질에 담아 한 시간만 재어 두자."

심킨은 "니야아! 니야아!" 하고 끼어들으며 문을 할퀴었다.

하지만 열쇠는 재봉사의 베개 밑에 있었고, 심킨은 안으로 들어갈 수 없었다. 작은 생쥐들은 그저 웃으며 다른 노래를 불렀다.

"꼬마 생쥐 셋이 앉아 실을 자았지,
야옹이가 지나가다 안을 들여다보았네.
뭐 하니, 우리 예쁜 꼬맹이들?
신사들이 입을 외투를 짓고 있어.
내가 들어가 실을 잘라 줄까?
아, 아니, 야옹아,
머리를 뜯어 먹히긴 싫어!"

"니아옹! 니아옹!" 하고 심킨이 외치자 작은 생쥐가 "어이, 게으름뱅이 귀염둥이 야옹아!" 하고 대꾸했다.

"어이, 게으름뱅이 귀염둥이 야옹아!
런던의 상인들은 빨간 옷을 입지, 실크 옷깃, 금빛 옷단, 런던의 상인들은 흥겹게 행군하네!"

생쥐들은 골무를 딸각거리며 박자를 맞추었지만

심킨은 어떤 노래도 달갑지 않았다. 심킨은 코를 킁킁거리며 가게 문에 대고 야옹야옹 울었다.

"내가 산 것은
물병, 우유병,
술병, 공병,
모두 합쳐 1파딩……"[31]

“그건 찬장 위에 있던 돈!” 하고 맹랑한 작은 생쥐들이 덧붙였다.

“니아옹!” 벅벅! 벅벅! 심킨은 창문턱에서 소란을 떨었다.

그동안 안에서는 작은 생쥐들이 발딱 일어나 작게 한소리로 외치기 시작했다. “빔실이 모자라! 빔실이 모자라!” 그러고는 심킨이 못 보게 덧창을 닫아걸었다.

하지만 심킨은 덧창 틈새로 딸각거리는 골무 소리와 작은 생쥐들의 노랫소리를 들을 수 있었다.

“빔실이 모자라! 빔실이 모자라!”

심킨은 골똘히 생각에 잠겨 가게를 떠나 집으로 돌아왔다. 가엾은 재봉사 영감은 열이 내려 편히 자고 있었다.

심킨은 까치발로 살금살금 걸어가 찻주전자에서 작은 명주실 꾸리를 꺼내 달빛에 비추어 보았다. 그 착한 작은 생쥐들과 비교하니 자신의 못된 행동이 몹시 부끄러웠다!

재봉사 영감이 아침에 눈을 떠서 가장 먼저 발견한 것은 조각보 이불 위에 놓인 체리 빛 실크 빔실 한 타래였다. 침대 옆에는 심킨이 서서 뉘우치고 있었다.

"에휴, 실처럼 기운이 하나도 없구나." 글로스터의 재봉사는 말했다. "하지만 이제는 빔실이 있어!"

쌓인 눈이 햇살에 반짝거릴 때 재봉사는 일어나 옷을 입고 거리로 나섰다. 심킨이 앞장을 섰다.

찌르레기가 굴뚝 위에서 휘파람을 불었고, 개똥지빠귀와 울새가 지저귀었다. 하지만 그 노랫소리는 간밤에 했던 노랫말이 아니라 자기들끼리만 통하는 짹짹 소리였다.

"에휴." 재봉사가 말했다. "빔실이 있으면 뭐 해, 기운도 없고 시간도 없는데. 겨우 단춧구멍 하나 만들 수 있을까. 오늘은 크리스마스 아침이네! 글로스터 시

장님이 정오에 결혼하실 텐데…… 시장님의 체리 빛 외투는 어떡하지?"

재봉사는 웨스트게이트 거리에 있는 작은 가게의 문을 열었고, 심킨이 안으로 뛰어들었다. 뭔가를 기대하는 고양이처럼. 하지만 안에는 아무도 없었다! 갈색 생쥐 한 마리도 없었다!

바닥은 빗질이 되어 깨끗했고, 실오라기 조각과

자투리도 바닥에서 모두 치워지고 없었다.

하지만 탁자 위에는(재봉사는 기뻐서 "이게 웬일이야." 하고 소리쳤다.) 재봉사가 마름질한 실크 옷감을 놓아두었던 자리에 세상에서 가장 아름다운 외투와 수놓은 새틴 조끼가 놓여 있었다! 글로스터의 어떤 시장도 이제껏 입어 본 적 없는 옷이었다!

외투의 소맷단과 옷깃에는 장미꽃과 제비꽃 자수

가, 조끼에는 양귀비와 수레국화꽃이 수놓아져 있었다.

옷은 거의 완성된 상태였다. 체리 빛 단춧구멍 하나만 빼고. 마무리해야 할 단춧구멍에 쪽지 하나가 핀에 꽂혀 있었는데, 쪽지에는 깨알 같은 글씨가 쓰여 있었다.

빔실이 모자라요.

이후 행운이 글로스터의 재봉사를 줄줄이 찾아왔다. 재봉사는 아주 건강해지고 상당한 부자가 되었다.

재봉사는 글로스터의 모든 부유한 상인들과 전국의 모든 훌륭한 신사들을 위해 가장 멋진 조끼를 만들었다. 그러한 러플이나 수놓은 소맷단, 레이스 띠는 본 적이 없는 것들이었다. 하지만 그중에서 가장 뛰어난 것은 단춧구멍이었다.

단춧구멍 바느질이 어찌나 깔끔한지(참으로 깔끔했다.) 어떻게 안경을 낀 할아버지가 고부라지고 노쇠한 손가락으로 골무까지 끼고 바느질을 했을까 신기할 정도였다.

단춧구멍을 꿰맨 바늘땀은 정말이지 촘촘해서(참으로 촘촘했다.) 혹시 작은 생쥐들이 바느질을 했나 싶었다!

벤저민 버니 이야기

어느 날 아침 한 꼬마 토끼가 강둑에 앉아 있었다. 녀석은 귀를 쫑긋거리며 조랑말이 뚜벅뚜벅 걷는 소리에 귀를 기울였다.

이륜마차 한 대가 길을 따라 다가오는 중이었다. 맥그리거 씨가 모는 마차였는데 옆에는 가장 좋은 보

닛을 쓴 맥그리거 부인이 앉아 있었다.

마차가 지나가자마자 꼬마 벤저민 버니는 길로 내려가 맥그리거 씨네 텃밭 뒤편 숲에 사는 친척들을 찾아가려고 깡충깡충 폴짝폴짝 길을 떠났다.

그 숲에는 토끼 굴이 아주 많았다. 그중 가장 가깝고 가장 모래가 많은 굴에 벤저민의 이모와 사촌인 플롭시와 몹시와 코튼테일과 피터가 살았다.

벤저민의 이모인 래빗 부인은 과부라 토끼털 벙

어리장갑과 토시를 짜서 생계를 꾸렸다.(나도 장터에서 한 켤레 샀다.) 그리고 허브와 로즈메리 찻잎, 토끼 담배[32](흔히 말하는 라벤더)를 팔았다.

꼬마 벤저민은 이모와 마주치는 것이 내키지 않아 전나무 뒤편으로 돌아가려다 하마터면 사촌 피터의 머리에 걸려 넘어질 뻔했다.

피터는 혼자 앉아 있었는데 옷 대신 빨간 면 손수건을 두른 추레한 행색이었다.

"피터." 꼬마 벤저민이 속삭였다. "누가 네 옷을 가져간 거야?"

"맥그리거 씨네 텃밭 허수아비가." 하고 피터가 대답했다. 그러고는 텃밭에서 쫓긴 일이며, 신발과 윗옷 떨어뜨린 이야기를 들려주었다.

꼬마 벤저민은 사촌 옆에 앉아 맥그리거 씨가 부인과 함께 마차를 타고 외출했으며 부인이 가장 좋은 보닛을 썼으니 낮 동안에는 분명 집에 없을 거라고 사촌을 안심시켰다.

피터는 비라도 왔으면 좋겠다고 말했다.

그때 토끼 굴속에서 래빗 부인이 외치는 목소리가 들려왔다. “코튼테일! 코튼테일! 캐모마일을 더 가져오렴!”

피터는 산책을 하면 기분이 좀 나아질 것 같다고 말했다.

둘은 손을 잡고 걷다가 숲 가장자리 담벼락 평평한 꼭대기에 도달했고, 그곳에서 맥그리거 씨네 텃밭을 내려다보았다. 허수아비에게 걸린 피터의 웃옷과 신발이, 꼭대기에 씌워진 맥그리거 씨의 낡은 빵모자가 훤히 보였다.

꼬마 벤저민이 말했다. "대문 밑을 파고들면 옷이 망가지니까 배나무를 타고 내려가서 들어가는 게 좋겠어."

피터는 내려가다 거꾸로 떨어졌지만 얼마 전 갈아엎은 밭이 폭신한 덕분에 다치지는 않았다.

그곳은 상추 씨를 뿌린 밭이었다.

그들은 밭 여기저기에 신기하고 작은 발자국을 무수히 남겼다. 특히 나막신을 신은 꼬마 벤저민이.

꼬마 벤저민은 손수건이 쓸모 있을지 모르니 피터의 옷을 먼저 가져오는 게 좋겠다고 말했다.

그들은 허수아비에게서 옷과 신발을 벗겼다. 밤새 비가 내렸는지 신발 안이 물기로 축축했고 웃옷은 조금 줄어들어 있었다.

벤저민은 빵모자를 써 보았지만 너무 컸다.

벤저민은 손수건에 양파를 한가득 싸 가져가서 이모에게 작은 선물로 주자고 제안했다.

피터는 마음이 편치 않은지 계속 주변 기척에 귀를 세웠다.

반대로 벤저민은 느긋하게 상추를 먹으며 일요일 저녁마다 상추를 먹으러 아버지와 같이 이 텃밭에 온다고 말했다.

(꼬마 벤저민의 아빠 이름은 벤저민 버니 영감이었다.)

상추는 아주 싱싱하고 맛있었다.

피터는 아무것도 먹지 않고 집에 가고 싶다는 말만 하다 그만 양파의 절반을 흘리고 말았다.

꼬마 벤저민은 채소 보따리를 들고 배나무를 기어오르는 것은 불가능하다고 말하고는 대담하게 텃밭

반대편 끝을 향해 앞장섰다. 그들은 햇살이 쏟아지는 빨간 벽돌담 밑 작은 널빤지 위를 걸었다.

생쥐들이 문간에 앉아 버찌씨를 깨 먹다가 피터 래빗과 꼬마 벤저민 버니에게 윙크를 했다.

얼마 후 피터는 또다시 손수건을 놓쳤다.

화분과 묘목판과 호스 더미 사이를 지날 때 피터는 불길한 소리를 듣고 눈이 왕방울처럼 커다래졌다!

피터는 사촌보다 한두 걸음 앞서 걷다가 갑자기 멈춰 섰다.

이것이 모퉁이 너머 꼬마 토끼들 눈에 들어온 풍경이었다!

꼬마 벤저민은 그것을 보자마자 번개처럼 몸을 숨겼고, 피터와 양파들은 큰 바구니 밑으로 들어갔다.

고양이가 일어나 몸을 쭉 펴고는 바구니 쪽으로 다가와 냄새를 맡았다.

양파 냄새를 좋아하는 모양이었다!

아무튼 암고양이는 바구니 위에 앉았다.

암고양이는 그렇게 다섯 시간을 내리 앉아 있었다.

바구니 밑의 피터와 벤저민은 그림으로 그려 낼 재간이 없다. 그 안은 상당히 어두운 데다 양파 냄새도 고약했으니 말이다. 피터 래빗과 꼬마 벤저민 버니는 울고 싶은 심정이었다.

태양이 숲 뒤로 넘어가고 오후가 저물어 갔지만 암고양이는 바구니 위에서 꼼짝하지 않았다.

그러다 담 위에서 후드득후드득 모르타르 조각들이 떨어져 내렸다.

고양이는 고개를 들어 위쪽 테라스 벽 위를 활보하는 버니 영감을 쳐다보았다.

영감은 담뱃대로 토끼 담배를 피우며 회초리를 들고 있었다. 아들을 찾는 중이었다.

버니 영감은 세간의 고양이에 대한 의견 따위는

개의치 않았다.

그는 담벼락 위에서 펄쩍 날아올랐다가 아래 고양이를 덮쳐 바구니 밖으로 내쳤다. 그리고 온실 안으로 걷어차고는 털을 한 움큼 뽑아냈다.

고양이는 너무 놀라 발톱 한번 제대로 쓰지 못했다.

고양이가 온실 안으로 쫓겨 들어가자 버니 영감은 온실 문을 잠갔다.

버니 영감은 바구니로 돌아와 귀를 잡고 아들 벤저민을 끌어낸 뒤 작은 회초리로 때렸다. 그러고 나서 조카 피터를 꺼내 주었다.

그리고 손수건으로 싼 양파 꾸러미를 꺼내 들고 당당히 텃밭을 빠져나갔다.

30분쯤 후 맥그리거 씨는 집에 돌아와 몇 가지 황당한 풍경에 맞닥뜨렸다.

누군가 나막신을 신고 텃밭을 돌아다닌 듯 보였는데 발자국이 터무니없이 작았다!

게다가 어떻게 고양이가 스스로 온실 안으로 들어가 바깥 문을 잠갔는지도 이해되지 않았다.

피터가 집에 돌아왔을 때, 래빗 부인은 피터가 신발과 웃옷을 찾아온 것을 보고 너무 기뻐서 피터를 용서해 주었다. 코튼테일과 피터는 손수건을 개었고, 래빗 부인은 양파를 꿰어 허브 다발과 토끼 담배 다발과 함께 천장에 매달아 두었다.

못된 두 생쥐 이야기

옛날 옛날에 참으로 아름다운 인형의 집이 있었다. 하얀 창문들과 진짜 모슬린[33] 커튼, 앞문과 굴뚝을 갖춘 빨간 벽돌집이었다.

그 집에는 루신다와 제인이라는 두 인형이 살았는데 루신다는 주인이지만 요리를 시키지 않았다.

제인은 요리사였지만 요리를 하지 않았다. 이미 만들어진 요리들을 대팻밥이 가득 든 상자에서 사 오고는 했기 때문이다.

빨간 바닷가재 둘, 햄 하나, 생선 하나, 푸딩 하나, 배와 오렌지 몇 개가 먹을거리였다. 비록 접시에서 떨어지지 않았지만 그것들은 대단히 아름다웠다.

어느 날 루신다와 제인은 인형 유모차를 타고 나들이를 나갔다. 아이 방에는 아무도 없어서 몹시 고요했다. 얼마 후 벽난로 근처 구석에서 후다닥거리는 소리, 긁적거리는 소리가 났다. 거기 방 안 벽 아래에는 구멍이 하나 나 있었다.

톰섬이 고개를 쏙 내밀었다가 다시 안으로 들어갔다.

톰섬은 생쥐였다.

잠시 후 톰섬의 아내인 헝카멍카도 고개를 쏙 내밀었다. 그리고 아이 방에 아무도 없다는 것을 알고는 과감히 석탄 통 밑 기름걸레 위까지 나갔다.

인형의 집은 벽난로 맞은편에 서 있었다. 톰섬과 헝카멍카는 살그머니 벽난로 깔개를 가로질러 인형의 집 앞문을 밀어 보았다. 문은 잠겨 있지 않았다.

톰섬과 헝카멍카는 인형의 집 위층으로 올라가 식당을 보고는 찍찍 환호성을 내질렀다!

참으로 근사한 식사가 차려져 있었던 것이다! 양철 스푼, 납 포크와 나이프, 인형용 의자 두 개. 전부 대단히 쓸모 있는 것들뿐이었다!

톰섬은 즉시 햄을 자르려고 나섰다. 빨간 줄이 두 개 그어진 데다 반들반들 윤이 나는 노르스름한 햄이었다.

나이프가 우그러지며 톰섬은 다치고 말았다. 톰섬은 손가락을 입안에 넣었다.

"덜 익었나 봐. 딱딱해. 당신이 해 보구려, 헝카멍카."

헝카멍카는 의자에 올라서서 다른 납 나이프로 햄을 썰어 보았다.

"꼭 치즈 장수네 햄처럼 딱딱하네." 하고 헝카멍카가 말했다.

별안간 햄이 접시에서 떨어져 식탁 밑으로 굴러갔다.

“그냥 둬.” 톰섬이 말했다. “생선이나 좀 덜어 줘요, 헝카멍카!”

헝카멍카는 양철 스푼을 하나하나 써 보았지만 생선은 접시에 딱 달라붙어서 떨어지지 않았다.

톰섬은 그만 성질이 나서 햄을 바닥 한가운데에 놓고 부젓가락과 삽으로 햄을 내리쳤다. 팡, 팡, 퍽, 퍽!

햄이 산산조각이 나서 날아갔다. 반들반들한 페인트칠 아래 드러난 것은 석고였다!

톰섬과 헝카멍카가 느낀 분노와 실망은 이만저만이 아니었다. 그들은 푸딩과 바닷가재, 배와 오렌지를 부수었다.

접시에서 떨어지지 않는 생선은 부엌의 구겨진 새빨간 종이 불 속에 넣었지만 생선 접시는 타지 않았다.

톰섬은 부엌 굴뚝에 올라가 꼭대기에서 밖을 내다보았지만 검댕이 전혀 없었다.

톰섬이 굴뚝 위로 올라간 사이 헝카멍카에게는 또 실망할 일이 생겼다. 서랍에서 쌀과 커피와 사고[34] 등등 라벨이 붙은 작은 보관 통들을 발견하고 통들을

거꾸로 쏟아 보았지만, 안에는 빨간 구슬과 파란 구슬 외에는 아무것도 없었다.

그래서 생쥐들은 마음껏 난장판을 만들기 시작했다. 특히 톰섬이 더 열심이었다! 녀석은 제인의 옷가지를 침실 서랍장에서 꺼내 위층 창문 밖으로 내던졌다.

하지만 헝카멍카는 알뜰한 생쥐였다. 루신다의 베개에서 깃털을 반쯤 뽑아냈을 때 평소 탐내던 깃털 침대를 장만할 기회라는 생각에 톰섬의 도움을 받아 베개를 아래층으로 내린 후 벽난로 깔개 맞은편으로 옮겼다. 그리고 베개를 겨우겨우 쥐구멍 안으로 밀어 넣었다.

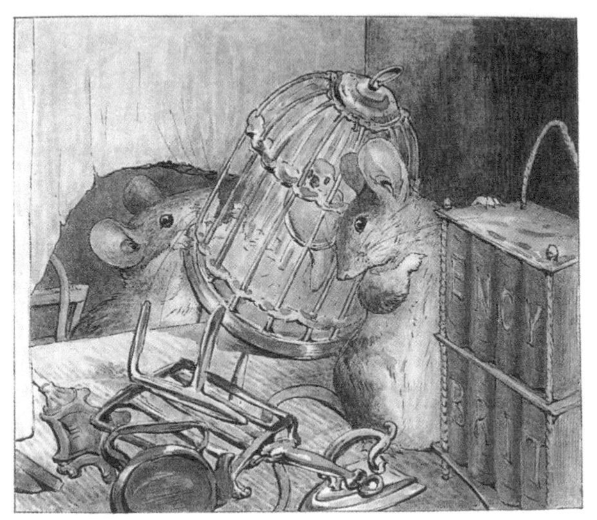

헝카멍카는 돌아가서 의자 하나, 책장 하나, 새장 하나, 몇 가지 잡동사니들을 챙겨 가져왔다. 책장과 새장은 쥐구멍 안으로 들어가지 않았다.

헝카멍카는 그것들을 석탄 통 뒤에 두고 요람을 가지러 갔다.

헝카멍카가 의자를 하나 더 가져왔을 때 바깥 층계참에서 말소리가 들렸다. 생쥐는 쥐구멍 안으로 쏜살같이 들어갔다. 인형들이 아이 방 안으로 들어왔다.

제인과 루신다의 눈앞에 펼쳐진 광경이란!

루신다는 엎어진 스토브에 걸터앉아 멍하니 있었고, 제인은 웃는 얼굴로 찬장에 몸을 기댔으며, 둘은 아무 말도 하지 않았다.

책장과 새장은 석탄 통 뒤에서 구조되었지만 헝카멍카는 요람과 루신다의 옷 몇 개를 손에 넣었다.

유용한 냄비와 프라이팬 몇 개, 그리고 몇 가지 쓸 만한 것들도 챙겼다.

꼬마 소녀, 그러니까 인형의 집 주인이 말했다. “인형에게 경찰복을 입혀야겠어!”

하지만 유모는 말했다. “쥐덫을 놓아야겠어!”

못된 생쥐 두 마리의 이야기는 여기까지다. 하지만 그들은 아주아주 못된 생쥐는 아니었다. 톰섬은 자기가 부순 것들을 모두 보상했다.

벽난로 깔개 밑에서 발견한 휘어진 6펜스 동전 하나를 크리스마스 전날 헝카멍카와 함께 루신다와 제인의 양말에 집어넣은 것이다.

그리고 매일 아침 일찍(아무도 깨지 않은 새벽에) 헝카멍카는 빗자루와 쓰레받기를 들고 빗질을 하러 인형의 집에 온다!

티기윙클 아줌마 이야기

옛날 옛날 리틀 타운이라는 농장에 루시라는 소녀가 살았다. 루시는 착한 소녀였지만 늘 손수건을 잃어버렸다!

어느 날 꼬마 루시는 농장 마당에 들어와 울었다…… 서럽게 엉엉! "손수건을 잃어버렸어! 손수건 세 장과 앞치마 하나! 내 손수건을 본 적 있니, 태비 키튼?"[35]

아기 고양이가 하얀 발만 연신 핥아 대는 바람에 루시는 얼룩이 암탉에게 물었다. "샐리 헤니페니, 손수건 세 장 본 적 있니?"

하지만 얼룩이 암탉은 헛간 안으로 달려가 꼬꼬댁 꼬꼬꼬 울었다. "나는 맨발로 다녀, 맨발로, 다녀, 맨발로 다녀!"

그래서 루시는 나뭇 가지에 앉은 콕 로빈(수컷 유럽울새)에게 물었다.

콕 로빈은 루시를 반짝이는 까만 눈으로 곁눈질하더니 훌쩍 날아 울타리 너머로 사라져 버렸다.

루시는 울타리 계단을 올라 리틀 타운 뒤쪽의 언덕을 올려다보았다. 언덕은 끝도 없이 위로 위로 이어져 구름 속으로 솟아 있었다!

루시는 풀밭에 하얗게 뻗어 나간 것을 보고 저기가 언덕 비탈을 올라가는 오솔길이로구나, 하고 생각했다.

루시는 짧은 다리를 최대한 빠르게 놀려서 언덕을 올랐다. 가파른 오솔길을 따라 위로 위로 달리자 어느덧 리

틀 타운은 조약돌을 굴뚝 속에 떨어뜨릴 수 있을 만큼 발아래에 있었다!

얼마 후 루시는 물이 졸졸 흐르는 산비탈 샘에 도달했다. 누군가 물을 받으려고 양철통을 바위에 세워 놓았지만 물은 이미 통에 넘쳐흘렀다. 양철통이 달걀 컵보다 크지 않았기 때문이다! 그리고 오솔길과 맞닿

은 젖은 모래밭에는 아주 작은 사람의 발자국이 찍혀 있었다.

루시는 계속 달리고 달렸다.

오솔길은 큰 바위에서 끝이 났다. 짧고 파릇한 풀이 자란 곳이었다. 고사리 줄기로 만든 바지랑대와 골풀을 꼬아 만든 빨랫줄, 작은 빨래집게 더미는 있었지만 손수건은 없었다!

그런데 다른 것이, 문이 있었다! 그것은 언덕 안으로 통하는 문이었고 안에서는 누군가 노래를 부르고 있었다.

"백합처럼 희고 깨끗하구나, 오호!
사이사이 잔주름을 살려서, 오호!
쓱쓱 뜨겁게…… 빨간 녹슨 점은
하나도 보이지 않아, 오호!"

루시는 노크를 했다. 한 번, 두 번. 그러자 노랫소리가 멈추었다. 겁먹은 작은 목소리가 흘러나왔다. "누구세요?"

루시는 문을 열었다. 안에 무엇이 있었을까? 판석 바닥과 나무 기둥을 갖춘 여느 농장 부엌과 다를 바 없는 근사하고 깨끗한 부엌이 있었다. 다만 천장이 너무 낮아 루시의 머리가 천장에 닿을까 말까 했다. 냄비도 프라이팬도 작았고, 다른 것들도 모두 작았다.

주방에서는 무언가 타는 듯한 고소한 냄새가 났고, 탁자 앞에는 다리미를 든 땅딸보 아줌마가 서서 놀란 눈으로 루시를 바라보았다.

무늬 있는 드레스를 올려 묶고 줄무늬 페티코트 위에 커다란 앞치마를 두른 아줌마는 작고 까만 코를

킁킁, 킁킁, 킁킁, 킁킁거리고 두 눈을 반짝였다. 그런데 땅딸한 아줌마가 쓴 모자 아래에는(루시라면 노란 곱슬머리가 있을 테지만) 가시들이 자리하고 있었다!

"누구세요?" 하고 루시가 물었다. "혹시 내 손수건 봤나요?"

땅딸보 아줌마는 고개를 숙이고 무릎을 살짝 굽혀 인사했다. "아, 봤지, 아휴 참…… 내 이름은 티기윙

클이야. 아, 봤지, 세상에나. 나는 빳빳하게 풀을 먹이는 솜씨가 그만이지!" 그러고는 옷 바구니에서 뭔가를 꺼내 다림질판 위에 펼쳤다.

"그건 뭐예요?" 하고 루시가 물었다. "그거 내 손수건 아니에요?"

“어머, 아니야, 아휴 참, 이건 콕 로빈의 작은 보라색 조끼라고!”

그러고 나서 그녀는 그것을 다린 후 접어 한쪽에 올려놓았다.

아줌마는 빨래 건조대에서 뭔가를 걷었다. “그거 내 앞

치마 아니에요?" 하고 루시가 물었다.

"어머, 아니야, 아유 참. 이건 제니 렌의 다마스크[36] 식탁보라고. 여기 까치밥나무 술 얼룩을 보면 알잖니! 세탁하기 얼마나 힘든데!" 티기윙클 아줌마가 말했다.

티기윙클 아줌마는 코를 킁킁, 킁킁, 킁킁거리고 두 눈을 반짝반짝 반짝이며 불에서 뜨거운 다리미를 더 가져왔다.

"그건 내 손수건인데!" 하고 루시가 외쳤다. "내 앞치마도 있네!"

티기윙클 아줌마는 그것을 다리고, 주름을 잡고, 주름 장식을 폈다.

“와, 정말 예뻐요!” 하고 루시가 말했다.

“그런데 장갑처럼 손가락이 달린 저 길고 노란 건 뭐죠?”

“아, 그건 샐리 헤니페니의 스타킹이야. 마당을 어찌나 파는지 뒤꿈치가 다 닳았지 뭐니! 이러다가는 곧 맨발로 다니게 될 거야!” 하고 티기윙클 아줌마가 말했다.

“어머, 저기 손수건이 또 있네. 하지만 내 것은 아니야. 빨간색인가?”

“어머, 아니야, 아유 참. 저건 래빗 부인의 손수건이야. 양파 냄새가 어찌나 심한지! 따로 빨았는데 냄새가 빠지지 않아.”

“저기 내 것이 또 있네.” 하고 루시가 말했다.

“저기 이상하고 작고 하얀 건 뭐예요?”

“저건 태비 키튼의 벙어리장갑이란다. 저건 다림질만 하면 돼. 세탁은 주인이 직접 하니까.”

“저기 내 마지막 손수건이 있네!” 하고 루시가 말했다.

“녹말풀 단지에 담근 건 뭐예요?”

“이건 톰 팃마우스의 셔츠 앞판이야, 제일 고약한 빨랫감이지!” 티기윙클 아줌마는 말했다. “이제 다림질을 마쳤으니 옷 몇 벌을 밖에 널어야겠다.”

"이 보드랍고 복슬복슬한 건 뭐죠?" 하고 루시가 물었다.

"아, 그건 스켈길네 아기 양들의 모직 외투야."

"걔네들은 겉옷을 벗을 수 있나요?" 하고 루시가 물었다.

"아, 그럼, 아유 참. 어깨에 양털 표식을 보렴. 게이츠가스네 것 하나, 세 개는 리틀타운네 것이야. 나는 빨래에 항상 표시를 해 두지!" 하고 티기윙클 아줌마가 말했다.

그러고는 각양각색의 옷들을 널었다. 생쥐의 작은 갈색 외투, 몹시 부드럽고 까만 몰스킨[37] 조끼, 다람쥐 넛킨의 꼬리 없는 빨간색 연미복,[38] 피터 래

빛의 확 줄어든 파란색 웃옷, 세탁 중에 주인 표식이 사라진 페티코트. 마침내 빨래 바구니가 비워졌다!

티기윙클 아줌마는 차를 끓였다. 본인이 마실 차 한 잔과 루시가 마실 차 한 잔. 그들은 난롯불 앞 벤치에 앉아 곁눈질로 서로를 훔쳐보았다. 찻잔을 쥔 티기윙클 아줌마의 손은 아주아주 갈색인 데다 비누 거품

때문에 아주아주 주글주글했다. 게다가 드레스와 모자 곳곳 머리핀 반대쪽 끝이 삐죽삐죽 비어져 나와 있었다. 그래서 루시는 가까이 앉고 싶지 않았다.

그들은 차를 다 마시고 옷들을 보따리에 쌌다. 루시의 손수건은 고이 개어져 은색 옷핀으로 고정되어 루시의 앞치마 안에 들어 있었다.

그들은 토탄을 넣어 불을 더 지핀 다음 밖으로 나와 문을 잠그고 나서 열쇠를 문지방 밑에 숨겼다.

루시와 티기윙클 아줌마는 옷 보따리를 들고 언

덕을 종종걸음으로 내려갔다!

산길을 내려가는 동안 작은 동물들이 고사리 뒤에서 나와 그들을 맞이했다. 가장 먼저 만난 것은 피터 래빗과 벤저민 버니였다!

티기윙클 아줌마는 깨끗한 옷을 그들에게 나누어

주었고, 작은 동물들과 새들은 친애하는 티기윙클 아줌마에게 깊은 감사를 표했다.

언덕 발치 울타리에 도달했을 때 루시의 작은 꾸러미 외에는 아무것도 남지 않았다.

루시는 꾸러미를 들고 울타리 계단을 넘고는 돌아서서 세탁부 아줌마에게 밤 인사와 감사를 표하려

고 돌아섰다. 그런데 참 이상한 일도 다 있지!

티기윙클 아줌마는 감사의 말도, 빨래한 수고비도 기다리지 않았다!

아줌마는 달리고 달리고 달려 언덕을 올라갔다……. 그나저나 아줌마의 하얀 주름 모자는 어디 갔을까? 숄은? 드레스는? 페티코트는?

게다가 아줌마는 몹시 작은 데다 몹시 갈색이었고 수많은 가시로 뒤덮여 있었다!

이런! 티기윙클 아줌마는 다름 아닌 고슴도치였다!

(어떤 사람들은 꼬마 루시가 울타리 위에서 깜빡 잠이 든 모양이라고 말할지도 모르겠다. 하지만 그랬다면 루시가 어떻게 은색 옷핀이 꽂힌 깨끗한 손수건 세 장과 앞치마 하나를 되찾을 수 있었겠나?

게다가 캣 벨스라 불리는 언덕 속으로 난 문을 내 눈으로 목격했다. 또한 나는 친애하는 티기윙클 아줌마와 아주 잘 아는 사이다!)

파이와 파이 틀 이야기

옛날 옛날에 리비라는 야옹이가 살았다. 리비는 더치스라는 강아지를 차 모임에 초대했다.

"시간 될 때 건너와, 친애하는 더치스." 리비는 편지에 썼다. "우리 같이 아주아주 근사한 걸 먹자. 지금

파이 접시에 파이를 굽고 있어…… 분홍색 테두리의 파이 접시 말이야. 이렇게 맛난 건 못 먹어 봤을걸! 네가 다 먹어도 돼! 나는 머핀[39]을 먹으면 되니까, 친애하는 더치스!"

더치스는 답장을 보냈다. "4시 25분에 즐거운 마음으로 건너갈게. 그런데 참 신기하지. 안 그래도 너를 저녁 식사에 초대하려 했거든, 친애하는 리비. 우리 집에 와서 기막히게 맛있는 걸 먹어 보라고 말이야."

"시간 맞춰 갈게, 친애하는 리비." 더치스는 그렇게 쓰고 나서 끝에 덧붙였다. "그거 생쥐 고기는 아니지?"

그러다 예의에 어긋나는 말 같아서 "그거 생쥐 고기는 아니지?"라는 말을 지우고는 "맛있는 것을 기대할게."로 바꾼 다음 편지를 우체부에게 건넸다.

하지만 더치스는 리비의 파이를 곰곰 생각하다 리비의 편지를 여러 번 읽어 보았다.

"큰일 났네, 생쥐 고기가 분명해!" 더치스는 중얼거렸다. "나는 생쥐 파이는 절대 못 먹는데. 초대받은 자리라 안 먹을 수도 없고. 나라면 송아지 고기와 햄으로 만든 파이를 대접할 텐데. 분홍색과 흰색의 파이 접시라! 내 것도 그거야. 리비의 파이 접시랑 아주 비슷해. 모두 타비사 트윗칫(날쌘 이 타비사)네에서 산 거니까."

더치스는 찬장으로 가서 선반에서 파이를 꺼내 바라보았다.

"오븐에 넣기만 하면 돼. 파이 껍질[40]이 참 예쁘기도 하지. 파이 껍질을 씌우려고 작은 양철 파이 틀에 담았어. 포크로 중간에 김빠지는 구멍도 뚫어 놓았고. 아, 생쥐 파이 대신 내 파이가 먹고 싶어!"

더치스는 궁리하고 또 궁리하며 리비의 편지를 다시 읽었다. "분홍색과 흰색의 파이 접시라…… '네'가 다 먹어도 된다니. '너'는 나를 의미하잖아. 그러면 리

비는 자기 파이를 맛도 보지 않겠다는 거야? 분홍색과 흰색의 파이 접시! 리비는 머핀을 사러 외출할 게 분명해…… 아, 좋은 생각이 났어! 리비가 없는 동안 달려가서 내 파이를 리비의 오븐에 넣어 두면 어떨까?"

더치스는 묘안을 생각해 낸 것이 몹시 기뻤다!

그사이 리비는 더치스의 답장을 받고 강아지의 방문이 확실해지자마자 자기 파이를 오븐에 넣었다. 리비의 집에는 위아래로 포개진 오븐이 두 대 있었는데, 동그란 손잡이와 기다란 손잡이 모두 장식인가 싶을 만큼 문이 잘 열리지 않았다. 리비는 아래쪽 오븐에 파이를 넣었다. 문이 몹시 빡빡했다.

"위쪽 오븐은 너무 빨리 익어." 리비는 중얼거렸다. "잘게 다진 맛 좋고 부드러운 생쥐 고기에 베이컨을 곁들인 파이야. 뼈도 모두 발라냈어. 지난번 우리 집 파티에서 더치스가 생선 가시에 걸려 죽을 뻔했으니까. 더치스는 너무 빨리 먹어, 입에 왕창 넣는다니까. 하지만 참 고상하고 우아한 강아지야. 어울리기에는 사촌 타비사 트윗칫보다 훨씬 나아."

리비는 석탄을 조금 넣고는 난롯가를 쓸었다. 그러고는 깡통을 들고 우물로 가서 주전자를 채울 물을 떠 왔다.

리비는 방을 정돈하기 시작했다. 그곳은 부엌 겸 거실이었기 때문이다. 리비는 깔개들을 앞 문 문간에 가져가 탁탁 털고는 반듯하게 깔았다. 벽난로 앞 깔개는 토끼 가죽이었다. 리비는 벽시계와 벽난로 선반 위 장식품들의 먼지를 털고 나서 탁자와 의자를 닦고 광을 냈다.

그러고는 새하얀 식탁보를

펼쳐 깔고, 벽난로 근처 벽장에서 가장 좋은 다기를 꺼내 탁자에 차렸다. 찻잔은 하얀 바탕에 분홍색 장미가 그려져 있었고, 만찬용 접시들은 흰색과 파란색이 섞

인 것들이었다.

리비는 식탁을 차릴 때 꺼낸 물병과 파랗고 하얀 접시를 하나씩 들고 우유와 버터를 가지러 들판 건너 농장으로 향했다.

집에 돌아왔을 때 리비는 아래쪽 오븐 안을 들여다보았다. 파이는 무사해 보였다.

리비는 숄을 두르고 보닛을 쓴 다음 바구니를 들고 차 한 봉지와 각설탕 450그램, 오렌지 잼 한 병을 사려고 마을의 가게로 다시 외출했다.

한편 더치스는 자기 집에서 나와 마을 반대편으로 향했다.

리비는 보자기를 씌운 바구니를 들고 길을 걷다가 도중에 더치스를 만났다. 그들은 서로에게 고개 숙여 인사만 하고 이야기는 나누지 않았다. 곧 파티가 열릴 테니.

더치스는 모퉁이를 돌아 자기 모습이 보이지 않게 되는 순간 달렸다! 리비의 집을 향해 곧장!

리비는 가게로 들어가 필요한 것들을 사고는 사촌 타비사 트윗칫과 정답게 잡담을 나누었다.

사촌 타비사는 이야기를 나누다 못마땅한 기색을 드러냈다. "조그만 강아지라니, 참 나! 소우레이에 고양이가 그렇게 없나! 게다가 오후 다과 시간에 무슨 파이야! 생각이 있어, 없어!" 하고 사촌 타비사 트윗칫이 말했다.

리비는 티모시네 빵집에 가서 머핀을 사고 집으로 돌아왔다. 리비가 앞문으로 들어올 때 뒷문 쪽에서 후다닥 소리가 났다.

"파이 소리는 아닐 거야. 스푼은 잠가서 보관해 두었고." 하고 리비가 말했다.

하지만 집 안에는 아무도 없었다. 리비는 힘들여 아래쪽 오븐의 문을 열고 파이를 돌렸다. 먹음직한 구운 생쥐 고기 냄새가 확 퍼졌다!

그때를 틈타 더치스는 뒷문으로 리비의 집을 빠져나갔다.

"내 파이를 넣어 두긴 했는데, 리비의 파이가 오

븐 안에 없다니 참 이상한 일이야. 리비의 파이는 어디에도 없었어. 집 안을 구석구석 찾아봤는데. 내 파이는 위쪽 뜨거운 오븐에 넣어 두었어. 다른 오븐은 손잡이

를 돌릴 수 있어야 말이지. 모두 거짓말인가 봐." 하고 더치스는 말했다. "생쥐 고기 파이를 없애야 했는데! 리비가 그걸 어떻게 했는지 알 수가 없네. 리비가 오는 소리에 뒷문으로 도망칠 수밖에 없었어!"

더치스는 집에 돌아와 아름다운 까만 털을 빗었다. 그리고 리비에게 줄 선물로 정원에서 꽃 한 다발을 꺾고는 시계가 4시를 가리킬 때까지 시간을 보냈다.

리비는 집 안을 샅샅이 뒤져 아무도 찬장이나 찬방에 숨지 않았다는 것을 확인하고는 옷을 갈아입으러 위층으로 올라갔다.

리비는 파티용 라일락색 실크 드레스를 입고 수놓은 모슬린 앞치마와 어깨 띠를 걸쳤다.

"참 이상도 하지." 하고 리비는 말했다. "서랍을

열어 놓은 기억이 없는데 말이야. 누군가 내 벙어리장갑을 낀 건 아니겠지?"

리비는 아래층으로 다시 내려와 찻상을 차리고 주전자를 난로에 올려놓고는 다시 아래쪽 오븐 안을 들여다보았다. 파이는 먹음직하게 갈색이 되어 뜨거

운 김을 내뿜었다.

리비는 불가에 앉아 강아지가 오기를 기다렸다. “아래쪽 오븐 쓰기를 잘했어. 위쪽 오븐은 뜨거워도 너무 뜨거웠을 거야. 찬장 문은 왜 열려 있었을까? 누군가 집 안에 있었던 걸까?”

4시 정각에 더치스는 파티를 하러 출발했다. 어찌나 빨리 마을을 가로질렀는지 너무 일찍 도착하는 바람에 리비의 집으로 난 오솔길에서 조금 기다려야 했다.

“리비가 내 파이를 아직 오븐에서 꺼내지 않았겠지?” 더치스는 말했다. “생쥐 고기로 만든 다른 파이는 어떻게 되었을까?”

4시 25분에 아주 고상하게 문 두드리는 소리가

났다. “립슨 부인, 집에 계신가?” 하고 더치스가 문간에서 물었다.

“들어와! 잘 지냈지? 친애하는 더치스.” 리비가 외쳤다. “좋아 보이네.”

“좋고말고. 고마워. 너도 잘 지냈지, 친애하는 리비?” 더치스가 말했다. “꽃을 좀 가져왔어. 파이 냄새

좋은데!"

"어머, 꽃이 참 예쁘다! 응, 생쥐 고기와 베이컨으로 만든 파이야!"

"음식 얘기는 하지 말자, 친애하는 리비." 더치스가 말했다. "하얀 식탁보가 참 예쁘다! ……그거 돌렸어? 아직 오븐 안에 있는 거야?"

"한 5분은 더 있어야 해." 리비가 말했다. "아주 조금만 더. 기다리는 동안 차를 따라 줄게. 설탕 넣을 거지, 친애하는 더치스?"

"아, 물론이지! 친애하는 리비. 각설탕 하나 내 코에 올려도 괜찮지?"

"원하는 대로 해, 친애하는 더치스. 부탁도 참 예쁘게 하는구나! 아, 나긋하고 예쁘기도 하지!"

더치스는 각설탕을 코에 올리고 앉아 킁킁거렸다.

"파이 냄새 좋다! 나는 송아지 고기와 햄을 참 좋아해…… 내 말은, 생쥐 고기와 베이컨 좋아한다고……."

더치스는 당황해서 각설탕을 떨어뜨렸고, 그 바람에 탁자 밑에 들어가 각설탕을 찾느라 리비가 어느 쪽 오븐을 열어 파이를 꺼냈는지 보지 못했다.

리비는 파이를 탁자 위에 올려놓았다. 아주 맛있는 냄새가 났다.

더치스는 각설탕을 깨물어 먹으며 식탁보 밑에서 나와 의자에 앉았다.

“네가 먹을 파이 조각부터 잘라 줄게. 나는 머핀과 오렌지 잼을 먹을 거야.” 하고 리비가 말했다.

“너는 머핀이 더 좋아? 파이 틀 조심해!”

“뭐라고 했어?” 하고 리비가 말했다.

“오렌지 잼 줄까?” 하고 더치스는 얼른 둘러댔다.

파이는 정말 맛있었다. 머핀은 담백하고 뜨거웠다. 음식은 순식간에 사라졌다. 특히 파이가!

‘내 생각에는…….’ 더치스는 생각했다. ‘아무래도 직접 파이를 잘라 먹는 게 낫겠어. 리비는 파이를 자르면서 아무것도 눈치채지 못한 것 같지만. 재료를 엄청 잘게 다졌네! 이렇게 잘게 다진 기억은 없는데. 이 집 오븐에서는 우리 집 오븐보다 더 빨리 익나 봐.’

‘더치스는 정말 빨리 먹어.’ 하고 리비는 다섯 번

째 머핀에 버터를 바르면서 생각했다.

파이 접시는 순식간에 비워졌다! 더치스는 네 번째 접시를 비우고도 여전히 숟가락을 만지작거렸다.

"베이컨 더 줄까, 친애하는 더치스?" 하고 리비가 말했다.

"고마워, 친애하는 리비. 그냥 파이 틀을 찾고 있었어."

"파이 틀? 친애하는 더치스?"

"파이 껍질을 받치는 파이 틀 말이야." 더치스는 까만 털 속에서 얼굴을 붉히며 말했다.

"아, 파이 틀은 넣지 않았어, 친애하는 더치스." 리비가 말했다. "생쥐 고기 파이에는 그럴 필요가 없거든."

더치스는 스푼으로 파이를 뒤적거렸다. "정말 없네!" 하고 불안하게 말했다.

"파이 틀은 없다니까." 리비

는 어리둥절해서 말했다.

"정말 그렇네, 친애하는 리비. 대체 어디 간 걸까?" 하고 더치스가 말했다.

"분명히 넣지 않았어, 친애하는 더치스. 나는 푸딩과 파이에 양철 물건 쓰는 건 반대야. 정말 바람직하지 않아.(특히 사람들이 덩어리째 삼킬 때는!)" 리비는 나지막이 덧붙였다.

더치스는 몹시 놀란 얼굴로 파이 접시 안을 연신 뒤적거렸다.

"우리 이모할머니 스퀸티나(사촌 타비사 트윗칫의 할머니)는 크리스마스 자두 푸딩에 들어 있는 골무 때문에 돌아가셨어. 나는 내 푸딩이나 파이에 쇠붙이는 절대 넣지 않아."

더치스는 사색이 되어 파이 접시를 기울였다.

"우리 집에는 파이 틀이 네 개 있는데, 지금 전부 찬장 안에 있어."

더치스는 울부짖기 시작했다.

"나 죽네! 나 죽어! 파이 틀을 삼켰어! 아, 친애하는 리비, 나 배 아픈 것 같아!"

"말도 안 돼, 친애하는 더치스. 파이 틀은 안 넣었거든."

더치스는 끙끙거리고 징징거리고 부들부들 떨었다.

"아, 큰일 났네, 파이 틀을 삼켰으니!"

"파이 안에 아무것도 없었다니까 그러네." 하고 리비가 딱 잘라 말했다.

"아니야, 있었어, 친애하는 리비. 내가 삼킨 게 확실해!"

"베개를 받쳐 줄게, 친애하는 더치스. 몸 어디쯤 있는 것 같아?"

"온몸이 아픈 것 같아, 친애하는 리비. 가장자리가 날카롭고 물결무늬인 그 큰 파이 틀을 통째로 삼키다니!"

"얼른 가서 의사 불러 올까? 스푼만 안에 잠가 두고 다녀올게!"

"아, 그래, 그래! 맥거티 선생님을 데려와, 친애하는 리비. 그분도 파이[41]니까 분명히 잘 고쳐 줄 거야."

리비는 더치스를 난롯가 안락의자에 앉히고는 의사를 부르러 서둘러 마을로 갔다.

리비는 대장간에서 의사 양반을 발견했다.

의사 양반은 우체국에서 얻은 빈 잉크병에 열심히 녹슨 못을 넣고 있었다.

"베이컨? 하! 하!" 그는 머리를 한쪽으로 기울이며 말했다.

리비는 손님이 파이

틀을 삼켰다고 설명했다.

"시금치? 하! 하!" 까치는 그렇게 말하고는 민첩하게 리비와 출발했다.

까치가 어찌나 빨리 깡충깡충 뛰는지 리비도 뛰어야 했다. 눈에 확 띄는 광경이라 온 마을 사람들이 모두 리비가 의사를 데려가는 것을 목격했다.

"과식할 줄 알았다니까!" 하고 사촌 타비사 트윗칫이 말했다.

하지만 리비가 의사를 부르러 간 사이 난롯가에 홀로 앉아 한숨을 쉬고 신음하며 괴로워하던 더치스에게 흥미로운 일이 일어났다.

"대체 어쩌다 파이 틀을 삼켰을까! 그 큰 파이 틀을!"

더치스는 일어나 탁자로 가서 스푼으로 파이 접

시 안을 뒤적거렸다.

"없어. 파이 틀은 없어. 나는 분명히 하나를 넣었는데 나 외에는 아무도 파이를 먹지 않았으니 내가 삼킨 게 분명해!"

더치스는 다시 앉아 난로 창살을 구슬피 바라보았다. 난롯불이 타닥타닥 타며 춤을 추었다. 그리고 뭔가가 지글지글 끓었다!

더치스는 깜짝 놀랐다! 위쪽 오븐 문을 여니 엄청난 김과 함께 송아지 고기와 햄 냄새가 났다. 거기에 잘 익은 갈색 파이가 있었다. 파이 윗부분에 난 구멍 속으로 작은 양철 파이 틀이 언뜻 보였다!

더치스는 길게 한숨을 내쉬었다.

"생쥐를 먹은 거였

어! 배가 아픈 것도 무리는 아니지…… 하지만 정말 파이 틀을 삼켰다면 훨씬 더 아팠을 거야!”

더치스는 생각에 잠겼다. “리비에게 둘러댈 말이 마땅치 않네! 내 파이는 뒷마당에 가져다 두고 아무 말 말아야겠다. 집에 가는 척하고 뒤로 돌아가 가져가야겠어.” 더치스는 파이를 뒷문 밖에 두고 다시 불가에 앉아 눈을 꼭 감았다. 리비가 의사와 함께 도착했을 때 더치스는 곤히 잠든 것 같았다.

“베이컨, 하, 하?” 의사 양반이 말했다.

“나 훨씬 나아졌어.” 더치스는 화들짝 놀라 깨서 말했다.

“그렇다면 정말 다행이야! 의사 양반이 알약을 가져왔어, 친애하는 더치스!”

“그냥 맥만 좀 짚어 주면 한결 나아질 것 같아.” 더치스는 뒷걸음질로 까치를 피하며 말했

다. 까치는 부리에 뭔가를 물고 게걸음으로 다가왔다.

“이건 그냥 영양제야. 먹으면 한결 나아질 거야. 우유도 조금 마셔 봐, 친애하는 더치스!”

“베이컨? 베이컨?” 의사 양반이 말하는 동안 더치스는 기침을 하고 컥컥거렸다.

“그 말 좀 그만해요!” 하고 리비가 발끈하며 말했다. “여기, 잼 바른 빵 있으니 가져가요. 마당으로 나가라고요!”

“베이컨과 시금치! 하, 하, 하!” 맥거티 선생은 의기양양하게 뒷문 밖으로 나갔다.

“한결 나아졌어, 친애하는 리비.” 더치스는 말했다. “어두워지기 전에 집에 가는 게 낫겠지?”

“그게 좋겠어, 친애하는 더치스. 내가 따뜻한 숄을 빌려줄게. 내 팔을 잡아.”

“폐 끼치기 싫은데. 이제 많이 좋아졌어. 맥거티 선생님의 알약 하나로…….”

“정말 놀라워, 그 알약이 파이 틀 때문에 난 뱃병을 고치다니! 네가 잘 잤는지 내일 아침 먹고 바로 찾아갈게."

리비와 더치스는 다정하게 작별 인사를 나누었고, 더치스는 집으로 출발했다. 집 앞 오솔길을 반쯤 올라가다 뒤를 돌아보니 리비는 문을 닫고 들어가고 없었다. 더치스는 울타리 사이를 통과해 리비의 집 뒤편으로 달려가 마당을 들여다보았다.

돼지우리 지붕에 맥거티 선생과 갈까마귀 세 마리가 있었다. 갈까마귀들은 파이 부스러기를 먹고 있었고, 까치는 파이 틀에서 고기즙을 마시고 있었다.

"베이컨, 하! 하!" 까치는 모퉁이 너머로 이쪽을 빠끔히 쳐다보는 더치스의 작고 까만 코를 보고 소리쳤다.

더치스는 바보가 된 기분으로 집을 향해 줄행랑쳤다!

다기 씻을 물을 길으러 들통을 들고 밖으로 나왔을 때 리비는 분홍색 테두리의 하얀 접시가 마당 한가운데 박살 나 있는 것을 발견했다. 펌프 아래에는 파이 틀이 있었다. 맥거티 선생이 배려해서 놓아둔 것이었다.

리비는 놀라 그것을 쳐다보았다. "무슨 이런 일이 다 있지! 파이 틀이 정말 있었네? ……하지만 내 파이 틀은 모두 부엌 찬장에 있는데. 나는 쓰지도 않았어! ……다음번 파티를 열 때는 사촌 타비사 트윗칫을 초대해야겠어!"

제러미 피셔 이야기

옛날 옛날에 제러미 피셔(어부 제러미)라는 개구리가 호숫가 개구리자리[42] 사이 축축한 작은 집에 살았다.

그의 집 찬방과 뒤쪽 통로는 온통 미끌거리고 철벅거렸다. 하지만 제러미 아저씨는 발이 축축한 것이 좋았다. 어차피 책잡는 이도 없는 데다 감기에 걸리는 일도 없었다!

그는 커다란 빗방울이 호수 속으로 텀벙텀벙 떨어지는 것을 집에서 내다보고는 신바람이 났다.

"벌레를 좀 잡아다 낚시를 가야겠어. 저녁거리로 피라미[43]를 낚아야지." 제러미 피셔는 말했다. "다섯 마리 이상 낚으면 친구들을 초대해야지. 거북이 프톨레미 나리와 아이작 뉴턴 경. 프톨레미 나리는 샐러드를 먹지만 말이야."

제러미 아저씨는 우비를 걸치고 반들거리는 장화를 신었다.

그러고는 낚싯대와 바구니를 들고 성큼성큼 뛰어 낚싯배를 놓아둔 곳으로 향했다.

그의 둥그런 초록빛 낚싯배는 여느 수련[44] 이

파리와 흡사했는데 호수 한가운데 물풀에 묶여 있었다.

제러미 아저씨는 갈대 삿대로 낚싯배를 밀어 탁 트인 물 위로 나아갔다. "피라미가 많은 곳은 잘 알지." 하고 제러미 아저씨는 말했다.

제러미 아저씨는 삿대를 진흙 속에 꽂고 낚싯배

를 삿대에 고정했다. 그러고는 다리를 꼬고 앉아 낚시 장비를 차렸다.

그는 작고 빨간 낚시찌를 아꼈다. 낚싯대는 질긴 풀대였고, 낚싯줄은 길고 하얀 말 털이었다.

그는 꼬물거리는 작은 벌레를 낚싯줄 끝에 매달았다.

빗방울이 등을 타고 흘러내렸고, 찌를 지켜본 지도 한 시간 가까이 흘렀다.

"슬슬 지루해지네. 점심이나 먹을까." 하고 제러미 아저씨는 말했다.

그는 물풀 속으로 돌아와 바구니에서 점심 도시락을 꺼냈다.

"나비 샌드위치를 먹으며 소나기가 그치기를 기다려야겠다." 하고 제러미 아저씨는 말했다.

커다란 물방개[45]가 수련 잎 밑에서 올라와 그의 반들반들한 장화의 발가락을 물었다.

제러미 아저씨는 꼰 다리를 들어 올려 물방개를 피하고는 샌드위치를 마저 먹었다.

한두 번 호숫가 골풀 속에서 무언가가 바스락대더니 첨벙 소리가 났다.

"분명 쥐일 거야." 제러미 아저씨는 말했다. "자리를 옮기는 게 좋겠다."

제러미 아저씨는 다시 낚싯배를 조금 밀고 나서 미끼를 떨어뜨렸다. 뭔가가 미끼를 덥석 물었고, 찌가 격렬하게 요동쳤다!

"피라미! 피라미! 요놈, 딱

걸렸어." 하고 소리치며 제러미 아저씨는 낚싯대를 확 잡아챘다.

하지만 낭패였다! 제러미 아저씨가 낚은 것은 매끈하고 통통한 피라미가 아니라 등에 가시가 돋친 큰가시고기[46] 잭 샤프(뾰족이 잭)였다!

큰가시고기는 낚싯배 위에서 숨이 턱에 찰 때까지 이리저리 버둥대며 닥치는 대로 가시로 찌르고 물어뜯었다.

그러더니 녀석은 물속으로 뛰어들었다.

작은 물고기 떼가 고개를 내밀고는 제러미 피셔를 비웃었다.

제러미 아저씨는 낙담해서 낚싯배 가장자리에 앉아

아픈 손가락을 빨며 물속을 바라보았는데 훨씬 더 큰 일이 일어났다. 만약 우비를 입지 않았다면 제러미 아저씨는 봉변을 당했을 것이다!

몸집이 거대한 송어[47]가 철퍼덕! 퍼덕-퍼덕! 물방울을 튕기며 올라온 것이다!

그러고는 제러미 아저씨를 단번에 덥석 삼켰다. “윽! 윽! 윽!” 송어는 몸을 돌려 호수 바닥으로 내려갔다!

하지만 송어는 우비가 너무 맛이 없어서 30초도 못 되어 제러미 아저씨를 뱉어 버렸다. 녀석이 삼킨 것은 제러미 아저씨의 장화뿐이었다.

제러미 아저씨는 소다수 병의 코르크 마개와 거품처럼 수면으로 쏙 올라와 온 힘을 다해 호숫가로 헤엄쳤다.

그리고 가장 가까운 둑 위로 기어올라 너덜너덜한 우비 차림으로 펄쩍펄쩍 풀밭을 건너 집으로 갔다.

"강꼬치고기[48]가 아닌 게 천만다행이지 뭐야!" 하고 제러미 아저씨는 말했다.

"낚싯대와 바구니는 잃어버렸지만 상관없어. 다시는 낚시하지 않을 거니까!"

그는 손가락에 끈적이는 반창고를 붙였다. 친구 둘이 저녁을 먹으러 왔다. 그는 친구들에게 물고기를 대접하지는 못했지만 찬방의 다른 음식을 내놓았다.

아이작 뉴턴 경은 검은색과 황금색의 조끼 차림이었다.

거북이 프톨레미 나리는 망태기 안에 샐러드를 넣어 가져왔다.

그들은 먹음직한 피라미 요리 대신 무당벌레 소스를 친 메뚜기 구이를 먹었다. 그것은 개구리들 사이에서 별미로 통하는 음식이었다. 내 입맛에는 맞지 않지만!

THE TALE OF PETER RABBIT

사납고 못된 토끼 이야기

이 녀석은 사납고 못된 토끼다.

억센 수염과 발톱, 치켜든 꼬리를 좀 보라지.

이 녀석은 착하고 점잖은 토끼다.

엄마 토끼가 준 당근을 가지고 있다.

못된 토끼는 당근을 좋아했다.

녀석은 "달라."고 부탁하는 법이 없었다. 그냥 빼앗았다!

그러고는 착한 토끼를 마구마구 할퀴었다.

착한 토끼는 엉금엉금 기어 굴에 들어가 숨었다. 슬프고 울적했다.

이 사람은 총을 가진 남자다.

그는 벤치에 뭔가 앉아 있는 것을 보고는 참으로 요상한 새라고 생각했다!

그는 나무들 뒤로 살금살금 다가갔다.

그러고는

총을 쏘았다.

빵!

이렇게

되었다…….

하지만 그가 총을 들고 달려갔을 때 발견한 것은 이것들뿐이었다.

착한 토끼는 굴 밖을 내다보았다.

꼬리도 수염도 없이 눈물을 뚝뚝 흘리며 지난 일을 후회하는 못된 토끼가 보였다.

미스 모펫 이야기

미스 모펫(귀염둥이)이라는 새끼 고양이가 있었다.

모펫은 언뜻 생쥐 소리를 들은 듯했다!

생쥐는 찬장 뒤에서 밖을 빼꼼 내다보며 미스 모펫을 놀려댔다. 새끼 고양이 따위는 무섭지 않았다.

미스 모펫은 한발 늦게 점프하는 바람에 생쥐를 놓치고 머리만 부딪혔다.

찬장이 정말 단단하구나, 하고 미스 모펫은 생각했다!

그 생쥐는 찬장에서 미스 모펫을 내려다보았다.

미스 모펫은 행주로 머리를 싸매고 불가에 앉았다. 생쥐는 모펫이 많이 아픈 줄 알고 초인종 줄을 타고 내려왔다.

미스 모펫은 점점 더 아파 보였다. 생쥐는 조금 더 가까이 다가왔다.

미스 모펫은 두 앞발로 아픈 머리를 부여잡고 행주에 난 구멍으로 생쥐를 보았다. 생쥐는 아주 가까이 다가왔다.

별안간 미스 모펫은 펄쩍 뛰어 생쥐를 붙잡았다!

감히 생쥐 녀석이 날 놀렸겠다, 하고 미스 모펫은 자기도 짓궂게 생쥐를 놀려 주기로 했다.

모펫은 생쥐를 행주에 싸서 공처럼 휙휙 던졌다.

하지만 행주에 난 구멍을 깜빡했지 뭔가. 행주를 풀어 보니 생쥐 녀석은 사라지고 없었다.

몸부림을 쳐 행주를 빠져나간 생쥐는 그대로 도망쳐 찬장 위에서 덩실덩실 춤을 추었다.

톰 키튼 이야기

옛날 옛날에 꼬맹이 아기 고양이 셋이 살았는데, 이름은 미튼스(벙어리장갑)와 톰 키튼(아기 고양이 톰)과 모펫(귀염둥이)이었다.

그들은 저마다 다른 털옷 차림으로 문간을 뒹굴고 흙먼지 속에서 뛰어놀았다.

어느 날 엄마 고양이 타비사 트윗칫은 친구들을 차 모임에 초대했다. 그래서 멋쟁이 손님들이 도착하기 전에 아이들을 집 안으로 데려다가 씻긴 후 예쁜 옷을 입혔다.

우선 엄마는 아이들의 얼굴을 씻겼다.

(이 야옹이는 모펫이다.)

그다음에는 아이들의 털을 빗겼다.

(이 야옹이는 미튼스다.)

그러고는 아이들의 꼬리와 수염을 빗겼다.

(이 야옹이는 톰 키튼이다.)

톰은 아주 장난꾸러기라 발톱을 세워 할퀴어 댔다.

타비사 아줌마는 모펫과 미튼스에게 깨끗한 앞치마와 목장식을 입혔다. 그러고는 아들 토머스(톰)에게 입힐 옷을 고르려 서랍장에서 갖가지 우아하고 불편한 옷들을 모두 꺼냈다.

톰 키튼은 원래 토실한 데다 부쩍 자라서 단추 몇 개가 떨어져 나갔다. 엄마는 단추를 다시 달았다.

세 아이들의 몸단장이 끝나자, 타비사 아줌마는 버터 바른 따끈한 토스트를 구울 때 방해가 될까 봐 어리석게도 아이들을 정원으로 내보내고 말았다.

"얘들아, 옷 더럽히지 말고 뒷발로 서서 걸으렴!

지저분한 난로 재, 암탉 샐리 헤니페니, 돼지우리, 퍼들덕(진흙탕 오리)네 가까이 가지 말고."

모펫과 미튼스는 정원 오솔길을 따라 아장아장 걸어갔다. 얼마 후 그들은 앞치마 자락을 밟고 코방아를 찧고 말았다.

일어나 보니 앞치마 몇 군데에 풀물이 들어 있었다!

"바위 위로 올라가 정원 담 위에 앉아 있자." 하고

모펫이 말했다.

그들은 앞치마 뒤쪽을 앞으로 돌려 입고는 폴짝 폴짝 뛰어 위로 올라갔다. 모펫의 하얀 목장식이 길에 떨어졌다.

톰 키튼은 바지를 입고 뒷발로 걷자니 제대로 점프하기가 힘들었다. 그래서 고사리를 부러뜨리며 천

천히 올랐는데, 그동안 단추들이 좌우로 여기저기 떨어졌다.

담장 꼭대기에 도달했을 때 톰 키튼의 차림새는 너절하게 흐트러져 있었다.

모펫과 미튼스는 톰 키튼의 옷매무새를 고쳐 주려 애썼다. 모자는 벗겨져 떨어졌고 단추들은 몽땅 뜯겨 나갔다.

야옹이들이 애를 먹고 있을 때, 아장아장 자박자박 발소리가 났다! 퍼들덕네 오리 셋이 단단한 흙길을 따라 일렬로 행진해 다가오고 있었다. 자박자박 아장아장! 자박자박 뒤뚱뒤뚱!

그들은 멈춰 서더니 일렬로 서서 야옹이들을 올려다보았다. 작디작은 눈에 놀란 빛이 어렸다.

오리 레베카 퍼들덕과 제미마 퍼들덕은 모자와 목장식을 주워 몸에 걸쳤다.

미튼스는 웃다가 그만 담에서 떨어지고 말았다. 모펫과 톰은 미튼스를 쫓아 내려갔다. 그러다 앞치마며 톰의 나머지 옷들이 모두 흩어지고 말았다.

"여기요! 드레이크 퍼들덕 아저씨." 하고 모펫이

말했다. “와서 톰에게 옷 입히는 것 좀 도와줘요! 와서 톰의 단추 좀 채워 줘요!”

드레이크 퍼들덕 아저씨는 천천히 모로 걸어 다니며 옷가지를 이것저것 주웠다.

그러더니 옷들을 자기가 걸쳤다! 옷들은 톰 키튼이 입었을 때보다 더 꽉 꼈다.

“아주 상쾌한 아침이야!” 하고 드레이크 퍼들덕이 말했다.

드레이크, 제미마, 레베카 퍼들덕 가족은 걸음을 떼 길을 가기 시작했다.

자박자박 아장아장 자박자박 뒤뚱뒤뚱!

그때 타비사 트윗칫이 정원으로 나왔다가 아이들이 옷도 없이 맨몸으로 담장 위에 앉아 있는 것을 보았다.

타비사는 아이들을 담장에서 끌어내려 팡팡 때려 주고는 집 안으로 데려갔다.

"조금 후면 엄마 친구들이 도착할 텐데 꼴이 이게 뭐니. 창피해서 정말."

타비사 트윗칫은 그렇게 말하고 아이들을 위층으

로 올려 보냈다. 친구들에게는 안타깝게도 아이들이 홍역에 걸려 앓아누웠다고 둘러댔지만, 그것은 사실이 아니었다.

정반대로 야옹이들은 침대에 누워 있지 않았다. 전혀.

위층에서 희한한 소리가 들리는 바람에 차 모임의 고상하고 온화한 분위기가 깨졌다.

톰 키튼의 이야기는 언젠가 긴 책을 한 권 따로 써서 더 자세히 해 볼 생각이다!

퍼들덕 가족으로 말할 것 같으면, 그들은 연못에 갔다. 옷들은 단추가 하나도 없어서 얼마 후 하나하나 벗겨져 사라졌다. 드레이크, 제미마, 레베카 퍼들덕 가족은 지금까지도 옷들을 찾고 있다.

제미마 퍼들덕 이야기

오리 새끼들이 암탉과 함께 있는 풍경은 얼마나 기묘한지! 제미마 퍼들덕의 이야기를 들어 보자. 제미마는 농장 안주인 때문에 자기 알을 품지 못해서 화가 났다.

제미마의 친척인 레베카 퍼들덕은 알둥지를 누구에게든 되도록 맡기고 싶어 했다.

"나는 도저히 스물여덟 날을 둥지에 내리 못 앉아 있겠어. 그건 너도 마찬가지겠지, 제미마. 네 알도 차갑게 식고 말 거야. 너도 알겠지만!"

“나는 내 알을 품고 싶어. 내 알을 모두 부화시키고 말겠어.” 하고 제미마 퍼들덕은 꽥꽥거렸다.

제미마는 알들을 숨겼지만 알들은 매번 발각되어 사라졌다.

제미마 퍼들덕은 애가 타 농장에서 멀리 떨어진 곳에 알둥지를 만들기로 했다.

어느 화창한 봄날 오후에 제미마는 언덕 너머로 이어지는 마찻길을 따라 길을 떠났다.

숄을 두르고 챙이 넓은 보닛을 쓰고서.

언덕바지에 도달했을 때 제미마는 저 멀리 있는 숲을 발견했다.

거기라면 꽤 안전할 것 같았다.

제미마 퍼들덕은 여간해서는 하늘을 날지 않았지만, 이번에는 숄을 펄럭거리며 내리막길을 몇 미터쯤 달음질치다 점프해 공중으로 날아올랐다.

제미마는 멋지게 출발해 아름답게 비행했다.

우듬지들을 유유히 날다가 숲 한가운데 있는 공터를 발견했다. 나무를 베어내고 삭정이를 치운 곳이었다.

제미마는 콰당 착륙한 후 뒤뚱뒤뚱 돌아다니며 둥지를 틀기에 좋은 보송보송한 곳을 물색했다.

훌쭉한 디기탈리스[49] 사이에 마음에 쏙 드는 그루터기가 있었다. 하지만…… 제미마는 그루터기 위에 앉자마자 신문을 읽고 있는 말쑥한 차림새의 신사를 발견하고 깜짝 놀랐다.

그의 귀는 검고 뾰족했고, 수염은 모래색이었다.

“꽥꽥?” 제미마 퍼들덕은 보닛을 쓴 머리를 갸웃거리며 말했다. “꽥꽥?”

신사는 신문 위로 눈을 들고는 제미마를 흥미롭게 쳐다보았다.

"부인, 길을 잃으셨나요?" 하고 그가 말했다. 그루터기가 좀 축축했는지 그는 길고 북슬북슬한 제 꼬리를 깔고 앉아 있었다.

제미마는 그가 대단히 예의 바르고 잘생겼다고

생각하고는 길을 잃은 게 아니라 둥지를 틀기 좋은 보송보송한 자리를 찾는 중이라고 설명했다.

"아하! 그래요? 그렇군요!" 모래색 수염의 신사는 흥미롭게 제미마를 쳐다보며 말했다. 그는 신문을 접어 웃옷 뒷주머니 안에 넣었다.

제미마는 주제넘은 암탉에 대해 불평했다.

"그래요? 흥미롭군요! 그 암탉 한번 만나 보고 싶네요. 만나면 본인 일이나 신경 쓰라고 따끔하게 한마디 해 줄 텐데요!"

"그나저나 둥지 말인데요…… 걱정하지 말아요. 내 집 장작 헛간에 깃털이 한 포대 있거든요. 아니요, 부인, 아무도 방해하지 않을 거예요. 얼마든지 거기 앉아 있어도 좋아요." 하고 꼬리가 길고 북슬북슬한 신사가 말했다.

그는 디기탈리스 허브들 사이에 아주 후미지고 음침해 보이는 집으로 안내했다. 장작과 짚으로 지은 집이었는데, 위아래로 포개어진 깨진 들통 두 개가 굴뚝 노릇을 했다.

“여기는 내 여름 별장이에요. 겨울을 나는 굴은 따로 있는데 거기는 불편하실 거예요.” 하고 상냥한 신사가 말했다.

집 뒤편에 낡은 비누 상자로 지은 허물어져 가는

헛간이 하나 있었다. 신사는 헛간 문을 열고 제미마를 헛간 안으로 안내했다.

헛간 안은 깃털로 가득해 숨이 막힐 지경이었지만 한편으로는 아늑하고 몹시 포근했다.

제미마 퍼들덕은 엄청나게 많은 깃털을 보고 어안이 벙벙했다. 하지만 아주 아늑해서 어렵지 않게 둥지를 틀 수 있었다.

제미마가 밖으로 나왔을 때 모래색 수염의 신사

는 통나무에 앉아 신문을 읽고 있었다. 신문을 펼치고 있었지만 신문 너머를 바라보고 있었다.

그는 깍듯하다 못해 제미마가 밤을 보내러 집에 가는 것도 안타까워했고, 이튿날 제미마가 돌아올 때까지 둥지를 잘 돌보겠다고 약속했다.

그는 알과 오리를 좋아해서 그의 장작 헛간에 멋진 알이 가득한 둥지를 보면 뿌듯할 거라고 말했다. 제미마 퍼들덕은 매일 오후 그곳에 갔고, 둥지에 알을 아홉 개 낳았다. 초록빛이 도는 하얀색에 엄청나게 큰 알

들이었다. 여우 신사는 알들을 보고 감탄을 금치 못했다. 그리고 제미마가 없는 동안 알들을 뒤집어 보며 개수를 세고는 했다.

마침내 제미마는 내일부터 알을 품을 생각이라고 그에게 말했다. "옥수수자루를 가져오면 알이 부화할 때까지 둥지를 떠날 필요가 없을 거예요. 알이 감기에 걸리면 안 되니까요." 하고 성실한 제미마가 말했다.

"부인, 수고스럽게 옥수수를 가져올 필요 없어요. 제가 귀리를 드리죠. 지루한 알 품기에 들어가기 전에

제가 성찬을 대접할게요. 우리끼리 저녁 만찬을 듭시다! 맛난 오믈렛을 만들게 농장 텃밭에서 허브를 좀 가져다줄래요? 세이지와 백리향, 민트와 양파 두 개, 파슬리 조금요. 저는 오믈렛 재료로 돼지기름을 내놓도록 하죠." 하고 모래색 수염의 상냥한 신사가 말했다.

세이지와 양파라는 말을 듣고도 의심하지 않았으니 제미마 퍼들덕은 멍텅구리였다. 의심은커녕 농장 텃밭을 돌아다니며 오리 구이의 속을 채울 각종 허브들을 이것저것 조금씩 뜯었다.

그러고는 뒤뚱뒤뚱 부엌으로 들어가 바구니에서 양파를 두 개 꺼냈다.

제미마는 나가려다 콜리[50] 개 켑과 마주쳤다.

"그 양파로 뭐 하려고? 오

후마다 혼자 어디를 가는 거야, 제미마 퍼들덕?"

제미마는 콜리가 무서워 자초지종을 털어놓았다.

콜리는 꾀 많은 머리를 갸웃거리며 가만히 듣다가 제미마가 모래색 수염의 정중한 신사에 대해 설명하자 빙그레 웃었다. 그러고는 그 숲에 대해 이것저것 묻고 그 집과 헛간의 위치를 물었다.

콜리는 그 길로 밖으로 나가 종종걸음으로 마을

로 내려갔다. 그리고 푸줏간 주인과 산책 중이던 폭스하운드[51] 강아지 둘을 찾아갔다.

화창한 오후 제미마 퍼들덕은 마지막으로 마찻길을 따라 길을 떠났다. 허브 뭉치와 양파 두 개가 든 자루를 지고서.

제미마는 숲 위를 날아 꼬리가 길고 북슬북슬한 신사의 집 맞은편에 내려앉았다.

신사는 통나무에 앉아 주변의 냄새를 킁킁 맡고 불안하게 연신 숲을 둘러보았다. 제미마가 내려앉을 때 신사는 놀라 펄쩍 뛰었다.

"알을 살펴보고 얼른 집 안으로 들어와요. 오믈렛용 허브는 내게 주고. 빨리빨리!"

신사는 조금 무뚝뚝했다. 제미마 퍼들덕이 그에게서 처음 듣는 낯선 말투였다.

제미마 퍼들덕은 놀란 데다 마음이 불편했다.

제미마가 헛간 안에 있을 때 헛간 뒤편에서 종종거리는 발소리가 났다. 누군가 문 밑을 검은 코로 킁킁대더니 문을 잠갔다. 제미마는 덜컥 겁이 났다.

잠시 후 무시무시한 소리가 들렸다. 컹컹, 왈왈,

으르렁, 아오우, 꽤액, 깽깽.

이후 여우 수염을 한 신사의 모습은 다시 보이지 않았다.

얼마 후 켑은 헛간 문을 열고 제미마 퍼들덕을 꺼내 주었다. 하지만 말릴 틈도 없이 강아지들이 안으로 들이닥쳐 알들을 먹어치우고 말았다.

켑이 귀를 깨물자 두 강아지는 깽깽거렸다.

제미마 퍼들덕은 알 생각에 눈물을 흘리며 호위병들과 함께 집으로 돌아왔다.

제미마는 6월에 알을 더 낳고는 길러도 좋다는 허락을 받았지만 알은 네 개만 부화했다.

제미마 퍼들덕은 그것이 다 자신의 용기 덕분이라고 말했지만, 사실 육아 실력은 낙제점이 아닐 수 없었다.

새뮤얼 위스커스(혹은 롤리폴리 푸딩[52]) 이야기

옛날 옛날에 타비사 트윗칫이라는 엄마 고양이가 살고 있었다. 타비사는 새끼들 때문에 걱정이 끊이지를 않았다. 타비사는 새끼 고양이들을 자꾸 잃어버리고는 했는데, 새끼들은 사라질 때마다 매번 장난을 쳤다!

빵을 굽는 날 타비사는 아이들을 벽장 안에 가둬 두기로 했다.

모펫과 미튼스는 잡았지만 톰은 찾을 수가 없었다.

타비사 아줌마는 야옹야옹 톰 키튼을 부르며 집 안 곳곳을 돌아다녔다. 계단 밑 찬방도 들여다보고, 먼지막이를 씌워 둔 가장 좋은 손님용 침실도 살폈다. 위층으로 곧장 올라가 다락도 들여다보았지만 녀석을 찾을 수가 없었다.

그곳은 벽장과 통로가 많은 아주아주 오래된 집이었다. 어떤 벽은 두께가 120센티미터나 되어 작은 비밀 계단이 있는 것처럼 안에서 기묘한 소리가 나고

는 했다. 분명한 것은 징두리판벽 안에 이상하고 둘쑥날쑥한 작은 문들이 나 있고, 밤에 물건들이, 특히 치즈와 베이컨이 없어진다는 점이었다.

타비사 아줌마는 갈수록 심란해서 애타게 야옹야옹 울었다.

엄마가 온 집 안을 뒤지는 동안 모펫과 미튼스는 장난을 치며 놀았다.

벽장문이 잠겨 있지 않아서 둘은 문을 밀어 열고 벽장 밖으로 나왔다.

그들은 불에 넣기 전 숙성을 위해 팬에 놓아둔 밀가루 반죽으로 갔다. 그러고는 작고 말랑한 발로 반죽

을 톡톡 두드렸다.

“작은 머핀을 만들어 볼까?” 미튼스가 모펫에게 말했다.

그때 누군가 앞문을 두드리는 바람에 모펫은 겁을 먹고 밀가루 통 속으로 뛰어들었다.

미튼스는 우유 방으로 달려가 우유 냄비들이 놓인 석판 선반 위 빈 단지 안에 숨었다.

손님은 이웃에 사는 리비 아줌마였는데, 이스트를 빌리려고 찾아온 것이었다.

타비사 아줌마는 애타게 야옹거리며 아래층으로 내려왔다. "어서 와, 사촌 리비. 들어와 앉아! 나 속상해 죽겠어, 사촌 리비." 타비사는 눈물을 흘리며 말했다. "우리 아들 토머스를 잃어버렸지 뭐야. 시궁쥐[53]에게 잡아먹힌 건 아니겠지." 그러고는 앞치마로 눈가를 훔쳤다.

"말썽꾸러기 같으니. 지난번에 차 마시러 왔을 때는 내가 가장 아끼는 보닛으로 실뜨기 놀이를 하더니. 어디어디 찾아봤어?"

"온 집을 다 뒤졌어! 쥐가 너무 많아서 감당이 안 돼. 식구가 제멋대로니 아주 죽을 맛이야!" 하고 타비사 트윗칫이 말했다.

"나는 쥐 따위 무섭지 않아. 아들 찾는 것 도와줄게. 회초리 때리는 것도! 난로망 안은 왜 저리 검댕투성이야?"

"굴뚝 청소해야 해…… 어머, 어떡해, 리비 사촌…… 이제는 모펫과 미튼스까지 없어졌어! 둘 다 벽장에서 나왔어!" 리비와 타비사는 집 안을 다시 뒤지기 시작했다.

그들은 리비의 우산으로 침대 밑을 쑤시고, 찬장 안을 살폈다. 촛불을 가져와 다락의 옷장 안도 살폈다.

아무것도 찾지 못했지만, 한 번 탁 하는 문소리와 아래층에서 후다닥 움직이는 기척이 들렸다.

"맞아, 여기는 시궁쥐 천지야." 하고 타비사가 울먹였다. "부엌 뒤편 쥐구멍에서 시궁쥐 새끼들을 일곱 마리나 잡았다니까. 지난 토요일에 그걸 저녁으로 먹었지만. 한번은 늙은 아비 쥐를 봤는데 엄청나게 컸어, 사촌 리비. 내가 녀석을 덮쳤더니 누런 이빨을 드러내고는 쥐구멍 안으로 사라졌어. 쥐들 때문에 성가셔 죽겠어, 사촌 리비." 하고 타비사가 말했다.

리비와 타비사는 집 안을 뒤지고 또 뒤졌다. 신기하게도 다락방 마룻바닥 밑에서 롤리폴리 푸딩을 만드는 소리가 들렸지만 보이는 것은 없었다. 그들은 부엌으로 돌아왔다. "한 녀석은 찾았네." 리비는 밀가루 통에서 모펫을 꺼내며 말했다. 그들은 모펫을 흔들어

밀가루를 털어 내고 부엌 바닥에 내려놓았다. 모펫은 잔뜩 겁을 먹은 것 같았다.

“아! 엄마, 엄마.” 하고 모펫이 말했다. “부엌에 아줌마 시궁쥐가 있었어. 반죽을 조금 훔쳐갔어!”

두 고양이는 달려가 반죽 냄비를 살폈다. 손으로 긁은 자국이 뚜렷한 데다 반죽이 한 뭉텅이 잘려 나가고 없었다!

“쥐가 어느 쪽으로 갔니, 모펫?”

하지만 당시 모펫은 너무 겁이 나 감히 통 밖을 내다보지 못했다. 리비와 타비사는 모펫을 안전하게 데리고 다니면서 수색을 계속했다.

그들은 우유 방에 들어갔다.

가장 먼저 눈에 띈 것은 빈 단지 안에 숨은 미튼스였다.

그들이 단지를 뒤엎자 미튼스가 밖으로 기어 나왔다.

"아, 엄마, 엄마!" 하고 미튼스가 말했다.

"아! 엄마, 엄마, 우유 방에 아저씨 시궁쥐가 있었어. 몸집이 엄청나게 큰 쥐였어, 엄마. 버터 한 덩어리

와 밀방망이를 훔쳐갔어."

리비와 타비사는 서로를 쳐다보았다.

"밀방망이와 버터를! 아, 불쌍한 내 아들 토머스!" 타비사는 두 앞발을 부여잡고 탄식했다.

"밀방망이를?" 하고 리비가 말했다. "다락방에서 옷장 살필 때 롤리폴리 푸딩 만드는 소리가 나지 않았

어?"

리비와 타비사는 다시 위층으로 달려 올라갔다. 다락방 바닥 속에서 롤리폴리 푸딩 만드는 소리가 뚜렷이 들려왔다.

"큰일 났어, 타비사." 하고 리비가 말했다. "당장 존 조이너(목수 존)를 불러. 톱을 가져오라고 해."

이제부터 톰 키튼에게 일어난 일을 이야기해 보겠다. 길도 잘 모르고 거대한 시궁쥐들이 어디 있는지도 모르면서 아주 오래된 집 굴뚝을 타고 올라가는 것

이 얼마나 어리석은 짓인지 알려 주는 이야기다.

톰 키튼은 벽장 안에 갇히고 싶지 않았다. 그래서 엄마가 빵 굽는 틈을 타 숨기로 결심했다. 톰은 마땅한 곳을 물색하다 굴뚝에 숨기로 했다.

불을 피운 지 얼마 안 되었기 때문에 굴뚝은 아직 뜨겁지 않았지만, 초록빛 나뭇가지에서 하얗고 매캐한 연기가 피어올랐다. 톰 키튼은 난로 난간 위로 펄쩍 뛰어올라 굴뚝 위를 올려다보았다. 그것은 커다란 옛날식 벽난로였다.

굴뚝 안쪽은 어른이 올라가 서서 돌아다녀도 될

만큼 널찍해서 작은 톰 키튼에게는 충분히 넓었다.

녀석은 벽난로 안쪽으로 뛰어들어 주전자를 거는 쇠 봉 위로 올라갔다.

톰 키튼은 쇠 봉 위에서 다시 펄쩍 뛰어올라 굴뚝 안쪽 선반 위에 올라섰다. 난로 난간 위로 검댕이 우수수 떨어졌다.

톰 키튼은 연기 때문에 컥컥 기침을 했다. 아래 난롯불 안에서 장작이 타닥타닥 타는 소리가 들렸다. 톰은 굴뚝 꼭대기로 올라가 슬레이트 지붕으로 나가서 참새를 잡기로 했다.

"되돌아갈 수는 없어. 미끄러지면 불 속에 떨어져

서 내 아름다운 꼬리와 파란 웃옷이 타고 말 거야."

그것은 대단히 큰 구식 굴뚝이었다. 사람들이 난로에 통나무를 쌓아 놓고 태우던 시절에 만들어진 것이었다.

굴뚝은 지붕 위로 작은 탑처럼 우뚝 솟아 있었다.

굴뚝 꼭대기 쪽에서 햇빛이 내려왔다. 비가 들이치는 것을 막기 위해 비스듬히 쌓은 슬레이트 틈을 파고든 햇빛이었다.

톰 키튼은 덜컥 겁이 났다! 하지만 위로 위로 위로 계속 올라갔다.

톰 키튼은 두텁게 쌓인 검댕 속을 게걸음으로 헤치고 나아갔다. 빗자루가 되어 온몸으로 굴뚝 안을 청소하는 꼴이었다.

너무 어두워서 방향을 가늠할 수 없었다. 한 통로는 다른 통로로 연결되었다.

연기는 줄어들었지만 톰 키튼은 길을 잃고 말았다.

톰은 버둥대며 위로 위로 올라갔지만, 굴뚝 꼭대기에 도달하기 전 누군가 벽돌 하나를 헐겁게 떼어

놓은 곳에 도달했다. 거기에 양고기 뼈다귀들이 널려 있었다.

"이상하네." 하고 톰 키튼이 말했다. "누가 이 굴뚝 위에서 뼈다귀를 뜯어먹었을까? 오지 말걸 그랬어! 이상한 냄새는 또 뭐지? 쥐 같은데. 정말 고약한 냄새야. 재채기가 날 정도로." 하고 톰 키튼이 말했다.

톰은 벽에 난 구멍을 비집고 들어가 빛이라고는 거의 없고 불편하기 짝이 없는 비좁은 통로를 헤치고 나아갔다.

그렇게 몇 미터쯤 더듬더듬 나아가니 다락방의 굽도리널 안쪽에 도달했다. (그림에서 별 표시가 된 곳이

다.) 톰은 별안간 고꾸라지는가 싶더니 구멍 아래로 떨어져 몹시 지저분한 누더기 더미에 착지했다.

톰 키튼은 몸을 일으켜 사방을 둘러보았다. 그곳은 톰이 평생 살아온 집 안 어디였지만 한 번도 본 적 없는 곳이었다. 몹시 비좁고 갑갑한 데다 퀴퀴한 냄새가 났고, 널빤지며 서까래, 거미줄, 욋가지,[54] 회반죽이 보였다.

맞은편 최대한 멀찍이 떨어진 곳에 거대한 시궁쥐 한 마리가 있었다.

"재투성이 꼴을 해서는 내 침대에 굴러떨어지다니 무슨 짓이냐?" 시궁쥐가 이빨을 딱딱거리며 말했다.

"굴뚝 청소를 좀 하려고요, 아저씨." 가엾은 톰 키튼이 말했다.

"안나 마리아! 안나 마리아!" 시궁쥐가 찍찍거렸다. 종종거리는 소리에 이어 어른 암컷 시궁쥐의 머리가 서까래 근처에서 불쑥 나타났다.

얼마 후 암쥐는 톰 키튼을 와락 덮쳤고, 톰은 영문도 모른 채 당하고 말았다.

톰의 털옷이 홀랑 벗겨지고 나서 톰은 웅크린 채 줄로 꽁꽁 묶였다.

톰을 묶은 것은 안나 마리아였다. 숫쥐는 암쥐를 지켜보며 냄새를 킁킁 맡았다. 암쥐가 일을 마쳤을 때

둘은 함께 앉아 입을 딱 벌린 채 톰을 노려보았다.

"안나 마리아." 하고 어른 숫쥐가 말했다. (이름은 새뮤얼 위스커스였다.) "안나 마리아, 오늘 저녁에는 새끼 고양이를 넣은 롤리폴리 푸딩을 만들어 먹자."

"그러면 반죽이랑 버터 한 덩이와 밀방망이가 필요해." 안나 마리아는 톰 키튼을 가늠하느라 머리를 갸웃거리며 말했다.

"아니야." 새뮤얼 위스커스가 말했다. "제대로 하자고, 안나 마리아, 빵가루까지 뿌려서."

"말도 안 돼! 버터와 반죽이면 돼."

하고 안나 마리아는 대꾸했다.

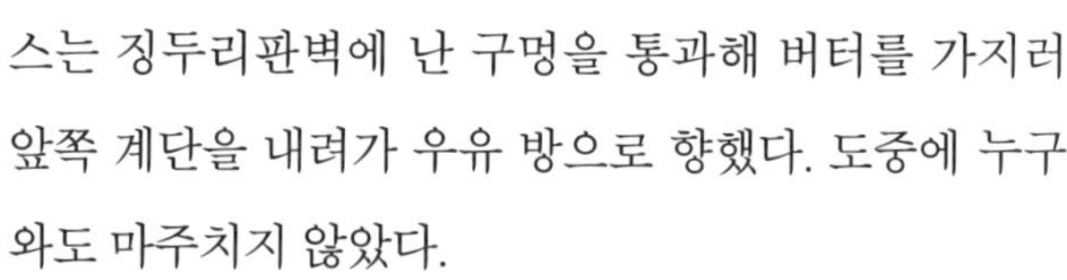

두 시궁쥐는 몇 분 동안 의논을 하다 사라졌다.

대담하게도 새뮤얼 위스커스는 징두리판벽에 난 구멍을 통과해 버터를 가지러 앞쪽 계단을 내려가 우유 방으로 향했다. 도중에 누구와도 마주치지 않았다.

그러고는 밀방망이를 가지러 두 번째 여정에 올랐다. 녀석은 양조장 일꾼이 술통을 굴리듯 밀방망이 뒤에서 앞발로 밀었다.

녀석의 귀에 리비와 타비사의 말소리가 들려 왔다. 하지만 두 고양이는 옷장 안을 들여다보려 촛불을 붙이기 바빠 쥐를 보지 못했다.

안나 마리아는 굽도리널과 덧창을 거쳐 반죽을 훔치러 부엌으로 갔다.

거기서 암쥐는 작은 잔 받침을 가져온 후 앞발로 반죽을 한 덩어리 떼어 냈다.

숨어 있는 모펫은 발견하지 못했다.

톰 키튼은 다락방 바닥 밑에 홀로 남겨진 동안 버둥대고 야옹야옹 울며 도움을 청했다.

하지만 입안에 검댕과 거미줄이 가득한 데다 아주 단단한 매듭으로 꽁꽁 묶여 있어서 누구 귀에 들릴 만큼 크게 소리를 낼 수 없었다.

천장의 갈라진 틈에서 나온 거미만이 안전한 거리에서 매듭을 뜯어보며 평가할 뿐이었다. 불운한 청파리를 묶는 데 이력이 난 거미는 가히 매듭의 감정가라 할 만했는데, 톰을 도와주러 나서지는 않았다.

톰 키튼은 꼼지락거리고 꼬물거리다 그만 지치고 말았다.

얼마 후 두 시궁쥐는 돌아와 톰을 넣은 푸딩을 만들기 시작했다. 우선 톰에게 버터를 바르고 나서 톰을 반죽으로 돌돌 말았다.

"끈은 소화가 잘 안 될 텐데, 안나 마리아?" 하고 새뮤얼 위스커스가 물었다.

안나 마리아는 별 차이가 없을 거라고 대답했다. 그저 반죽이 어그러지지 않게 톰 키튼이 머리를 움직이지 않기를 바라며 톰의 두 귀를 붙잡았다.

톰 키튼은 깨물고 침 뱉고 야옹거리고 버둥거렸

다. 밀방망이는 구르고 구르고 굴렀다. 쥐들은 각자 밀방망이의 양쪽 끝을 잡고 있었다.

"요놈 꼬리가 튀어나왔잖아! 반죽을 충분히 가져왔어야지, 안나 마리아."

"최대한 가져온 거야." 하고 안나 마리아는 대답했다.

"내 생각에는……." 새뮤얼 위스커스는 머뭇거리며 톰 키튼을 흘끔 보았다. "아무래도 맛 좋은 푸딩이 되긴 글렀어. 검댕 맛이 날 거야."

안나 마리아가 반박하려 입을 떼려는데 별안간 위쪽에서 시끄러운 소리가 들려왔다. 톱질하는 거친 소리, 작은 개가 마구 긁어 대고 왈왈 짖는 소리였다!

쥐들은 밀방망이를 떨어뜨리고 귀를 세웠다.

"우리 들켰어, 일이 틀어졌다고 안나 마리아. 우리 물건 챙겨…… 남의 것도……

얼른 챙겨서 떠나자. 아깝지만 이 푸딩은 두고 가야겠군. 어차피 끈은 소화가 안 됐을 거야, 당신이 아무리 아니라고 해도."

"얼른 떠나자. 침대보에 양고기 뼈 싸는 것 좀 도와줘." 안나 마리아가 말했다. "굴뚝에도 훈제 햄 반 덩이 숨겨 두었어."

그래서 존 조이너가 널빤지를 들어냈을 때 마룻바닥 밑에는 밀방망이와 엄청 더러운 반죽에 돌돌 말

린 톰 키튼밖에 없었다!

하지만 시궁쥐 냄새가 진동했다. 존 조이너는 그날 아침 내내 킁킁거리고 낑낑거리고 꼬리를 흔들며, 송곳처럼 구멍 안에 머리를 넣고는 이리저리 두리번거렸다.

존 조이너는 못질을 해 널빤지를 다시 고정시키고 나서 공구를 가방에 챙겨 아래층으로 내려왔다.

고양이 가족은 안정을 되찾았고, 존 조이너를 저녁 식사에 초대했다.

톰 키튼에게서 벗겨 낸 반죽의 일부는 검댕을 가리

기 위해 건포도를 넣은 백 푸딩[55]을 만드는 데 쓰였다.

그들은 버터를 씻어 내기 위해 톰 키튼을 뜨거운 목욕물에 넣어야 했다.

존 조이너는 푸딩 냄새를 맡았지만 아쉽게도 저녁때까지 머무를 여유가 없었다. 얼마 전 미스 포터가 주문한 손수레를 마무리했지만, 미스 포터의 닭장 두 개도 만들어야 했기 때문이다.

그나저나 오늘 늦은 오후에 나는 우체국에 가다가 길모퉁이에서 새뮤얼 위스커스와 그의 부인이 작은 손수레에 커다란 꾸러미를 싣고 내달리는 것을 보았다. 그 손수레는 내 것과 아주 흡사했다.

그들은 농부 포테이토스네 헛간 문에서 방향을 틀어 헛간 안으로 들어갔다.

새뮤얼 위스커스는 숨이 차서 헐떡거렸고, 안나 마리아는 찍찍대는 목소리로 계속 딱딱거렸다.

안나 마리아는 길을 아는 모양이었고, 짐이 많은 것 같았다.

나는 결코 안나 마리아에게 내 손수레를 내준 적이 없었다!

그들은 헛간 안으로 들어가 끈으로 묶은 꾸러미들을 건초 더미 위로 끌어올렸다.

그날 이후 오랫동안 시궁쥐들은 타비사 트윗칫네 집에는 얼씬도 하지 않았다. 농부 포테이토스로 말할 것 같으면, 이후 어수선한 나날을 보내고 있다. 그의 헛간에는 쥐, 쥐, 쥐가 들끓었다! 쥐들은 닭고기 요리를 먹어 치우고, 귀리와 겨를 훔치고, 곡식 자루에 구멍을 냈다.

그들은 모두 새뮤얼 위스커스 부부의 자식들과 손주들과 증손주들이었다. 그들의 후손은 끝이 없었다!

모펫과 미튼스는 무럭무럭 자라 쥐를 기막히게 잘 잡는 쥐 사냥꾼이 되었다.

그들은 마을에서 쥐잡이로 활약했고, 일감은 얼마든지 있었다. 보수를 두둑이 받은 덕에 형편이 아주 넉넉했다.

그들은 잡은 쥐의 꼬리를 헛간 문에 줄줄이 매달아 장식했는데, 쥐의 꼬리가 셀 수 없이 많았다.

하지만 톰 키튼은 늘 시궁쥐를 무서워했다. 절대 맞서는 법이 없었다…… 생쥐보다 큰 것은 무엇이든.

THE TALE OF PETER RABBIT

플롭시 버니네 아이들 이야기

상추를 많이 먹으면 졸음이 온다는 말이 있다. 나는 상추를 먹고 졸린 적은 없는데 그것은 내가 토끼가 아니기 때문이다.

상추는 플롭시 버니네 아이들을 콜콜 재웠다!

벤저민 버니는 어른이 되어 사촌 플롭시와 결혼해 많은 아이들을 낳았는데, 아이들은 해맑고 쾌활했다.

그 집 아이들의 이름은 일일이 기억나지 않는다. 그저 '플롭시 버니네 아이들'이라 불렸을 뿐이다.

먹을거리가 늘 부족해서, 벤저민은 플롭시의 오빠 피터 래빗이 가꾸는 밭에 가 양배추를 얻어 오고는 했다.

가끔은 피터 래빗네에도 양배추가 다 떨어질 때가 있었다.

그럴 때면 플롭시 버니네 아이들은 들판을 건너 맥그리거 씨네 텃밭 바깥 배수로 안의 쓰레기장으로 갔다.

맥그리거 씨네 쓰레기장에는 온갖 것들이 뒤섞여 있었다. 잼 단지와 종이 봉지, 잔디 깎는 기계로 깎아 낸(늘 기름 맛이 나는) 잔디 무더기, 상한 호박 몇 개와 부츠 한두 짝. 그러던 어느 날 (운도 좋지!) 웃자라 꽃이

핀 상추 다발이 거기 있었다.

플롭시 버니네 아이들은 상추를 실컷 먹고 나서 차츰 쏟아지는 졸음을 못 이기고 하나둘 깎인 잔디밭에 드러누웠다.

아이들과 달리 벤저민은 금세 곯아떨어지지 않았고, 잠이 들기 전에 파리를 피하려 종이 봉지를 머리에 뒤집어썼다.

플롭시 버니네 아이들은 따사로운 태양 아래 단잠을 잤다. 저 멀리 텃밭 너머 잔디밭 쪽에서 잔디 깎는 기계가 딸깍딸깍 움직이는 소리가 들렸다. 청파리들이 벽 주변에서 앵앵거렸고, 늙고 작은 생쥐 하나는 쓰레기 더미 위 잼 단지들 사이를 뒤졌다.

(내가 알기로 그 암쥐는 꼬리가 긴 들쥐[56] 토머시나 티틀마우스다.)

암쥐가 종이 봉지를 건너다니는 부스럭 소리에 벤저민 버니는 잠에서 깼다.

생쥐는 거듭 사과하고는 피터 래빗인 줄 알았다고 말했다.

암쥐와 벤저민은 담 밑에서 이야기를 나누다 머리 위에서 나는 무거운 발소리를 들었다. 별안간 맥그리거 씨가 콜콜 자는 플롭시 버니네 아이들 위에 깎아 낸 잔디 자루를 쏟았다! 벤저민은 종이 봉지 밑으로 쏙 들어가 숨었다. 생쥐는 잼 단지 안에 숨었다.

아기 토끼들은 쏟아지는 풀 세례에도 빙그레 웃으며 콜콜 잠을 잤다. 상추의 효능이 하도 세서 잠에서 깰 줄을 몰랐다.

그들은 깨기는커녕 엄마 플롭시가 포근한 건초 침대에 눕혀 주는 꿈을 꾸었다.

맥그리거 씨는 자루를 비우고 나서 아래를 내려다보다 잔디 더미 곳곳에 불거진 요상하고 작은 갈색 귀들의 끝을 여러 개 발견하고 한참을 쳐다보았다.

이윽고 파리 한 마리가 그중 하나 위에 내려앉자 귀 끝이 움찔거렸다.

맥그리거 씨는 쓰레기 더미 쪽으로 내려갔다.

"하나, 둘, 셋, 넷! 다섯! 자그마한 토끼가 여섯 마리네!" 하고 그는 토끼들을 자루에 담으며 말했다.

플롭시 버니네 아이들은 침대에서 엄마의 손에 뒤집히는 꿈을 꾸었다. 잠결에 약간 움직거렸지만 잠에서 깨지는 않았다.

맥그리거 씨는 자루를 묶어 벽 옆에 놓아두었다.

그는 그러고는 잔디 깎는 기계를 치우러 갔다.

그사이 플롭시 버니 아줌마가(집에 남아 있던) 들판을 건너왔다.

플롭시는 자루를 수상쩍게 쳐다보다가 다들 어디로 갔을까 생각했다.

그때 생쥐가 잼 단지에서 나왔고, 벤저민은 종이

봉지를 벗겼다. 그들은 마음 졸이며 이야기를 나누었다. 벤저민과 플롭시는 애가 탔지만 줄을 풀 수가 없었다.

하지만 티틀마우스 아줌마는 꾀가 많은 생쥐라 자루 아래쪽 귀퉁이를 갉아 구멍을 냈다.

엄마와 아빠는 아기 토끼들을 자루에서 꺼내 꼬집어 깨웠다. 그리고 상한 호박 세 개와 낡은 검정 구둣솔, 썩은 순무로 빈 자루를 채웠다.

그러고는 다 함께 떨기나무숲에 숨어 맥그리거 씨를 지켜보았다.

맥그리거 씨는 돌아와서 자루를 들고 갔다.

그의 손에 들린 자루는 좀 무거운지 아래로 처져서 흔들거렸다.

플롭시 버니네 가족은 멀찍이 떨어져 따라갔다.

맥그리거 씨가 집 안으로 들어가는 것이 보였다.

그들은 이야기를 엿들으려 집 창문으로 기어 올라갔다.

맥그리거 씨는 자루를 돌바닥에 휙 내던졌는데 플롭시 버니네 아이들이 그 자루 안에 있었다면 눈물이 쏙 빠지게 아팠을 것이다.

맥그리거 씨가 돌바닥 위로 의자를 드르륵 끄는 소리와 함께 껄껄 웃는 소리가 들렸다.

"새끼 토끼가 자그마치 하나, 둘, 셋, 넷, 다섯, 여

섯 마리야!" 하고 맥그리거 씨가 말했다.

"무슨 소리예요? 그것들이 또 무슨 말썽을 부렸어요?" 하고 맥그리거 부인이 물었다.

"새끼 토끼가 자그마치 하나, 둘, 셋, 넷, 다섯, 여섯 마리야!" 맥그리거 씨는 손가락을 세어 가며 반복했다. "하나, 둘, 셋……."

"실없는 소리 좀 그만해요. 그게 무슨 말이냐고, 이 실없는 양반아!"

"자루 안에 있다고! 하나, 둘, 셋, 넷, 다섯, 여섯 마리가!" 하고 맥그리거 씨가 대답했다.

(플롭시 버니네 막내 토끼가 창턱 위에 올라섰다.)

맥그리거 부인은 자루를 들어 만져 보았다. 그러

고는 여섯 마리쯤 되는 것 같기는 한데 딱딱하고 모양도 제각각이라 늙은 토끼인 모양이라고 말했다.

“먹기에는 좀 그렇고, 가죽은 내 낡은 망토의 안감으로 알맞겠어.”

“망토 안감?” 맥그리거 씨가 소리쳤다. “내다 팔아서 내 담뱃잎 살 거야!”

“담뱃잎은 무슨! 내가 직접 가죽을 벗기고 머리를 자를 거예요.”

맥그리거 부인은 자루를 풀어 자루 안에 손을 넣었다.

그녀는 채소들이 만져지자 화가 머리끝까지 나서 “일부러 그랬지!” 하고 맥그리거 씨에게 따졌다.

맥그리거 씨도 단단히 화가 났다. 상한 호박 하나가 부엌 창문으로 날아와 플롭시 버니네 막내를 때렸다.

꽤나 얼얼했다.

벤저민과 플롭시는 그만 집에 가야 할 때라고 생각했다.

그렇게 해서 맥그리거 씨는 담뱃잎을 얻지 못했

고, 맥그리거 부인은 토끼 가죽을 얻지 못했다.

하지만 다음 크리스마스에 토머시나 티틀마우스는 망토와 모자를 너끈히 짤 수 있을 만큼 많은 토끼털과 멋진 토시, 따뜻한 벙어리장갑을 선물로 받았다.

진저와 피클스 이야기

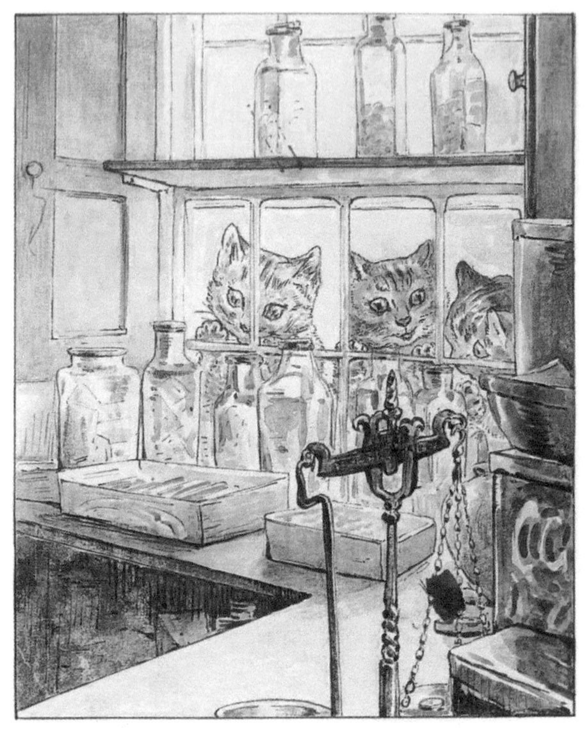

옛날 옛날 한 마을에 가게가 있었다. 가게 창문 위에 내걸린 이름은 '진저와 피클스'(생강과 피클)였다.

그곳은 인형에게 걸맞은 아주 작은 가게라 인형 루신다와 요리사 제인은 늘 진저와 피클스에서 먹을거리를 샀다.

가게 계산대는 토끼들에게 딱 맞는 높이였다.

진저와 피클스는 빨간 땡땡이 무늬 손수건을 1페니 3파딩에 팔았다. 설탕과 코담배와 장화도 팔았다.

그곳은 구멍가게였지만, 급하게 필요한 몇 가지 물건만 빼면 신발 끈이며 머리핀이며 양갈비까지 거의 없는 게 없는 사실상 만물상점이었다.

가게 주인은 진저와 피클스였다. 진저는 노란 수고양이였고, 피클스는 테리어[57]였다.

토끼들은 항상 피클스를 조금 무서워했다.

생쥐들도 그 가게의 단골이었는데, 진저를 무서워하는 손님은 생쥐들뿐이었다.

대개 진저는 입안에 자꾸 군침이 돈다면서 생쥐들 시중은 피클스에게 맡겼다.

"생쥐들이 작은 꾸러미를 들고 가게 문 나서는 걸 보면 몸이 근질근질해." 하고 진저가 말했다.

"나는 시궁쥐를 보면 그래." 하고 피클스가 대답했다.

"하지만 손님을 먹을 수야 없지. 그랬다가는 손님들이 우리를 버리고 타비사 트윗칫네로 갈 거야."

"반대로 아무 데도 가지 않을걸." 하고 진저가 구

시렁거렸다.

(그 마을에 다른 가게라고는 타비사 트윗칫네뿐이었는데 거기는 외상을 주지 않았다.)

진저와 피클스는 얼마든지 외상을 주었다.

그들의 '외상' 거래란 손님이 비누 한 덩이를 사면서 지갑을 꺼내 값을 치르는 대신 "다음에 줄게요."라고 말하는 식이었다.

그러면 피클스는 고개를 숙이며 "그러세요, 부인."이라고 말하고 나서 장부에 달아 두었다.

손님들은 진저와 피클스를 무서워하면서도 자꾸 와서 물건을 이것저것 사갔다.

하지만 명색이 돈궤인 '돈 서랍' 안에는 돈이 한 푼도 없었다.

손님들은 날이면 날마다 몰려들어 많은 물건을 샀다. 특히 버터 사탕을 찾는 손님들이 많았다. 하지만 돈은 늘 없었고, 손님들은 1페니짜리 박하사탕마저 외상을 졌다.

하지만 물건이 불티나게 팔리며 장사는 타비사

TOFFE

GINGER & PICKLES

트윗칫네보다 열 배는 더 잘 됐다.

늘 돈이 궁했기 때문에 진저와 피클스는 가게 물건을 먹어야 했다.

피클스는 비스킷을 먹었고, 진저는 말린 대구포를 먹었다. 그들은 가게 문을 닫고 촛불 옆에서 끼니를 때웠다.

1월 1일이 되었는데도 여전히 돈이 없었기 때문에 피클스는 개 면허증을 살 수 없었다.

"속상해 죽겠어. 경찰에게 들킬까 봐 무서워." 하고 피클스가 말했다.

"테리어로 태어난 게 잘못이지 어쩌겠어. 나는 면허증 따위는 필요 없는데. 그건 콜리 개 켑도 마찬가지이고."

"정말 속상해. 불려 갈까 무섭기도 하고. 우체국에서 외상으로 면허증을 사려 했는데 소용없었어." 피클스가 말했다. "거기는 경찰들이 우글우글하더라. 집

에 오는 길에도 한 명 만났다니까."

"새뮤얼 위스커스에게 청구서를 다시 보내자, 진저. 베이컨 외상값이 무려 22실링 9펜스나 밀렸어."

"갚을 생각이 아예 없는 것 같아." 하고 진저가 대꾸했다.

"내 느낌에는 안나 마리아가 물건을 자꾸 슬쩍하는 것 같아. 아니면 크림 크래커가 전부 어디 갔냐고?"

"그건 네가 다 먹었잖아." 하고 진저가 대꾸했다.

진저와 피클스는 뒷방으로 갔다. 그들은 계산을 했다. 더하고 더하고 더해서 총계를 냈다.

TOILET
SOAP

“새뮤얼 위스커스는 청구서가 그의 꼬리만큼이나 기네. 지난 10월부터 외상을 진 코담배가 50그램이나 돼.”

“버터 7파운드에 1실링 3펜스는 뭐지? 봉랍[58] 한 개와 성냥 네 개는 또 뭐야?”

“칭찬하는 말을 덧붙여 모두에게 청구서를 보내자.” 하고 진저가 대꾸했다.

잠시 후 가게 안에서 기척이 들렸다. 누군가 문 안으로 들어오는 소리였다. 그들은 뒷방에서 가게로 나갔다. 카운터 위에 봉투가 하나 놓여 있었고, 경찰관이 공책에 뭔가를 적고 있었다.

피클스는 기겁하고는 마구 짖어 대며 조금씩 앞으로 달려 나갔다.

"물어 버려, 피클스! 물어 버려!" 진저는 설탕 통 뒤에서 더듬더듬 말했다. "저건 독일 인형일 뿐이야!"

경찰관은 공책에 계속 적었다. 중간에 연필을 두 번 입안에 물었고, 한 번은 당밀[59] 안에 담갔다.

피클스는 목이 쉴 때까지 짖어 댔다. 하지만 경찰관은 아랑곳하지 않았다. 그의 눈은 구슬이었고, 헬멧은 머리에 바느질로 꿰매어져 있었다.

마침내 피클스가 마지막으로 조금 더 돌진했을 때 가게 안은 텅 비어 있었다. 경찰관은 사라지고 없었다.

하지만 봉투는 남아 있었다.

"그가 진짜 살아 있는 경찰관을 데려올까? 소환장일까 봐 겁나." 하고 피클스가 말했다.

"아니야." 진저는 대답하며 봉투를 열었다. "토지

세랑 세금이야. 3파운드 19실링 11펜스 3파딩."

"이건 결정타야." 피클스가 말했다. "그냥 가게 문 닫자."

그들은 가게 문을 닫아 걸고 떠났다. 하지만 동네를 완전히 떠난 것은 아니었다. 사실 몇몇 주민들은 그들이 멀리 떠나기를 바라기도 했다.

요즘 진저는 토끼 굴에 살고 있다. 그가 어떤 일을 하는지는 모르겠다. 그저 통통하게 살이 오르고 편안해 보인다는 것밖에는.

피클스는 현재 사냥터지기다.

그들의 가게 폐업은 엄청난 불편을 가져왔다. 타비사 트윗칫은 즉시 모든 물건의 가격을 반 페니씩 올리고 외상은 여전히 거부했다.

물론 행상꾼도 있었고, 푸줏간과 어부와 티모시네 빵집도 있었다.

하지만 누가 '씨앗 케이크'나 스펀지케이크나 버터 빵만 먹고 살겠는가? 더군다나 티모시네 스펀지케

이크처럼 맛이 없다면!

얼마 후 겨울잠쥐 존 도어마우스 부녀는 박하사탕과 양초를 팔기 시작했다.

J. DORMOUSE

하지만 그들에게는 촛대용 양초가 없었고, 18센티미터짜리 양초 하나 옮기는 데 생쥐 다섯 마리가 힘을 모아야 했다.

게다가 그들이 파는 양초는 더운 날씨에 아주 요상해졌다.

손님들은 양초를 도로 가져와서 불평을 늘어놓았지만 도어마우스네 딸은 몽땅한 양초의 반품을 거부했다.

손님들이 불평해도 존 도어마우스는 침대에 누워서 “참 포근해.”라는 말만 할 뿐 아무 대꾸도 하지 않았는데, 가게 주인으로서 올바른 태도는 아니었다.

그래서 샐리 헤니페니가 다시 가게를 연다는 포스터를 붙였을 때 모두 대환영이었다.

"헤니의 개업 기념 세일!

대규모 협동 잡화점!

페니가 저렴하게 팝니다!

와서 사세요, 와서 둘러봐요, 와서 사세요!"

그 포스터는 아주 반가운 소식이었다.

개업 날 손님들이 몰려들었다. 가게는 손님들로 미어터질 지경이었다. 비스킷 통 위에는 생쥐들이 우

글거렸다.

샐리 헤니페니는 거스름돈을 세느라 허둥거렸지만 오직 현금으로만 물건값을 받았다. 악의는 없었다.

그 가게에는 값싼 물건들이 다양하게 구비되어 있었다.

그리고 모두를 즐겁게 만드는 뭔가가 있었다.

티틀마우스 아줌마 이야기

옛날 옛날에 들쥐 티틀마우스 아줌마가 산울타리 밑 두둑 속에 살았다.

참으로 재미난 집이었다!

모래 통로가 오래오래 이어지다 곳간과 견과 곳간과 씨앗 곳간으로 연결되었고, 사이사이에 산울타리 나무들의 뿌리가 곳곳에 뻗어 있었다. 부엌과 거실, 작은 찬방, 큰 찬방도 하나씩 있었다.

게다가 침실도 있었는데, 티틀마우스 아줌마는 침실 안 작은 상자 침대에서 잠을 잤다!

티틀마우스 아줌마는 유난히 깔끔한 까다로운 들쥐라 부드러운 모랫바닥을 항상 쓸고 먼지를 털었다.

가끔 딱정벌레가 길을 잃고 집 통로로 들어오기도 했다.

"훠이! 훠이! 더러운 발로 어디를!" 티틀마우스 아줌마는 쓰레받기를 딱딱 쳤다.

어느 날 무당벌레 아줌마가 빨간 점무늬 망토를 걸치고 이리저리 내달렸다.

"집에 불났어요, 무당벌레 아줌마! 애들한테 얼른 가 봐요!"

어느 날은 크고 통통한 거미가 비를 피하느라 안으로 들어왔다.

“실례합니다만, 여기가 꼬마 머펫 양[60] 집 아닌가요?”

“썩 꺼져, 엉큼하고 못된 거미! 깨끗한 내 집에 여기저기 거미줄 칠 생각 말고!”

아줌마는 창가에서 거미를 밖으로 몰아냈다. 거미는 길고 가느다란 줄을 쳐서 산울타리 저편으로 내려갔다.

티틀마우스 아줌마는 저녁에 먹을 체리씨와 엉겅퀴 갓털[61]씨를 가지러 멀리 떨어진 곳간으로 갔다.

아줌마는 킁킁거리며 통로를 따라가다 바닥을 내려다보았다. "꿀 냄새가 나. 바깥 산울타리에 카우스립[62]이 피었나?"

"작고 더러운 발자국 좀 봐." 별안간 모퉁이 저편에서 호박벌[63] 바비티 범블이 나타났다. "윙윙, 붕붕, 붕붕붕!" 하고 호박벌이 말했다.

"안녕, 바비티 범블, 밀랍을 사고 싶었는데 마침

잘됐네. 그나저나 여기서 뭐 해?"

"왜 항상 창문으로 들어와 윙윙, 붕붕, 붕붕붕 하고 말하는 거야?"

티틀마우스 아줌마는 슬슬 화가 나기 시작했다.

"웅웅, 윙윙, 윙윙!" 바비티 범블은 와락 짜증을 내며 대꾸하고는 게걸음으로 통로를 내려가 도토리를 넣어 두었던 곳간으로 들어갔다.

도토리는 티틀마우스 아줌마가 크리스마스 전에 다 먹어치웠기 때문에 그 곳간에는 도토리가 하나도 없었다.

지저분한 마른 이끼만 가득했다.

티틀마우스 아줌마는 이끼를 뽑기 시작했다. 다른 벌 서너 마리가 고개를 내밀고는 맹렬히 붕붕거렸다.

"나는 방을 세주지 않아. 이건 주거침입이야!" 티

틀마우스 아줌마는 말했다. "다 쫓아낼 거야."

"붕붕! 붕붕! 붕붕붕!"

"누구 도와줄 이 없을까?"

"붕붕, 윙윙, 윙윙윙!"

"잭슨 씨는 싫어, 발을 절대 안 닦거든."

티틀마우스 아줌마는 저녁 먹을 때까지는 벌을 그냥 놔두기로 했다.

거실로 돌아왔을 때 아줌마는 누군가 우렁찬 목소리로 재채기하는 소리를 들었다. 잭슨 씨가 거기 앉아 있었다!

잭슨 씨는 작은 흔들의자에 큰 몸을 우겨 넣고 발을 난로 난간에 올려놓은 채, 웃는 얼굴로 엄지손가락을 뱅뱅 돌리고 있었다.

그는 산울타리 아래 더럽기 짝이 없고 축축한 배

수로 안에서 살았다.

“안녕하세요, 잭슨 씨? 어머머, 몸이 흠뻑 젖었네요!”

“고마워요, 고마워요, 고마워요, 티틀마우스 부인! 잠시 앉아 몸 좀 말릴게요.” 하고 잭슨 씨가 말했다.

그는 앉아서 미소를 지었고, 그의 외투 자락에서 물이 뚝뚝 떨어졌다. 티틀마우스 아줌마는 대걸레를 들고 돌아다녔다.

그가 한참을 앉아 있는 바람에 아줌마는 저녁 먹고 가겠냐고 물을 수밖에 없었다.

아줌마는 잭슨 씨에게 우선 체리씨를 대접했다.

“고마워요, 고마

워요, 티틀마우스 부인! 나는 이빨이 없어요, 이빨이 없어요, 이빨이 없어요!" 하고 잭슨 씨가 말했다.

그는 필요 이상으로 입을 크게 쩌억 벌렸다. 그의 입안에는 정말로 이빨이 하나도 없었다.

그래서 티틀마우스 아줌마는 엉겅퀴 갓털씨를 대접했다.

"룰루, 랄라, 랄라! 개구울, 개구울, 개굴!" 잭슨 씨는 그렇게 말하고는 엉겅퀴 갓털을 훅 불어 방 안에 날렸다.

"고마워요, 고마워요, 고마워요, 티틀마우스 부인! 이제 어서…… 어서…… 꿀을 조금 먹었으면 하는데요!"

"아쉽지만 꿀은 집에 전혀 없어요, 잭슨 씨!" 하고 티틀마우스 아줌마가 말했다.

"룰루, 랄라, 랄라, 티틀마우스 부인!" 잭슨 씨는 웃는 얼굴로 말했다. "냄새가 나는걸요. 그래서 내가 찾아온 거예요."

잭슨 씨는 탁자에서 육중한 몸을 일으켜 찬장 안을 살피기 시작했다. 티틀마우스 아줌마는 행주를 들고 따라다니며 거실 바닥에 찍힌 그의 크고 젖은 발자국들을 닦았다.

그는 찬장에 꿀이 없다는 걸 확인하고 통로로 내려가기 시작했다.

"어머, 어머, 발이 아주 착착 붙네요, 잭슨 씨!"

"룰루루, 랄랄라, 랄랄라, 티틀마우스 부인!"

그는 먼저 작은 찬방 안으로 비집고 들어갔다.

"룰루루, 랄랄라, 랄랄라? 꿀 없어요? 꿀 없어요, 티틀마우스 부인?"

접시 선반에 벌레 세 마리가 숨어 있었다. 두 마리는 달아났지만 가장 작은 놈은 잭슨 씨에게 붙잡혔다.

그다음에 그는 큰 찬방으로 비집고 들어갔다. 미스 버터플라이가 설탕을 맛보다 창문 밖으로 날아갔다.

"룰루, 랄라, 랄라, 티틀마우스 부인, 당신 집에는 손님들이 꽤 많군요!"

"모두 불청객이에요!" 하고 토머시나 티틀마우스 아줌마가 말했다.

그들은 모래 통로를 따라 걸어갔다. "룰루, 랄라……."

"붕붕! 윙윙! 윙윙!"

모퉁이를 돌았을 때 그는 바비티와 마주치고는

바비티를 낚아챘다가 도로 내려놓았다.

"호박벌은 입맛에 안 맞아. 온통 억센 털투성이라." 잭슨 씨는 외투 소매로 입가를 훔쳤다.

"꺼져, 이 고약한 늙다리 두꺼비야!" 하고 바비티 범블비가 악을 썼다.

"정신 사나워서 죽겠네!" 하고 티틀마우스 아줌마가 야단을 쳤다.

잭슨 씨가 벌 둥지를 끌어내는 동안 티틀마우스 아줌마는 견과 곳간 안에 들어가 문을 잠갔다. 잭슨 씨

는 벌침을 신경 쓰지 않는 듯했다.

티틀마우스 아줌마가 용기를 내 밖으로 나왔을 때 모두들 가 버리고 없었다.

하지만 집 안은 말도 못하게 지저분했다. "살다 살다 이런 난장판은 처음이야. 깨끗한 내 집이 온통 꿀 얼룩에 이끼에 엉겅퀴 갓털에, 크고 작은 더러운 발자국투성이야!"

아줌마는 이끼와 밀랍 찌꺼기를 주웠다.

그러고는 밖으로 나가 나뭇가지를 주워 와 앞문의 일부를 막아 버렸다.

"잭슨 씨가 못 들어오게 문을 작게 만들어야겠어!"

티틀마우스 아줌마는 창고에서 말랑한 비누와 플란넬,[64] 새 청소 솔을 가져왔지만 너무 피곤해서 아무것도 할 수가 없었다.

아줌마는 의자에 앉아 졸다 침대로 갔다.

"다시 말끔해질 수 있을까?" 하고 가엾은 티틀마우스 아줌마는 말했다.

이튿날 아침 티틀마우스 아줌마는 아침 댓바람에 일어나 꼬박 보름에 걸쳐 봄맞이 대청소를 했다.

쓸고 닦고 먼지를 털고, 밀랍으로 가구를 문지르고, 작은 양철 스푼들을 광냈다.

집 안이 아름답게 단장

되고 깨끗해지자 아줌마는 생쥐 다섯 마리를 초대해 파티를 열었다. 잭슨 씨는 뺐다.

잭슨 씨는 파티 냄새를 맡고 두둑을 올라왔지만 문간을 통과해 안으로 들어갈 수 없었다.

그래서 그들은 단물이 담긴 도토리 꼭지 컵들을

창문으로 건네주었고, 잭슨 씨는 전혀 언짢아하지 않았다.

그는 양지에 앉아서 말했다. "룰루, 랄라, 랄라! 건강하세요, 티틀마우스 부인!"

티미 팁토스 이야기

옛날 옛날에 티미 팁토스(까치발 티미)라는 통통하고 태평한 회색다람쥐[65]가 살았다. 그는 높은 나무 꼭대기 위 나뭇잎을 엮어서 만든 둥지에서 다람쥐 아내인 구디와 살았다.

티미 팁토스는 둥지 밖에 앉아 산들바람을 즐기다 꼬리를 휘휘 내젓고는 킥킥 웃었다. "구디, 여보, 견과가 잘 익었으니 우리도 겨울과 봄을 대비해 먹을거리를 쟁여 둡시다."

구디 팁토스는 부지런히 집 이엉 밑에 이끼를 채워 넣었다. “둥지가 참 아늑해서 겨울 내내 곤히 잘 수 있겠어.” “그렇다면 깨어났을 때 비쩍 말라 있겠군. 그때는 봄철이라 먹을거리가 전혀 없을 텐데.” 하고 신중한 티모시(‘티미’는 티모시의 애칭)가 대답했다.

티모시와 구디가 견과 나무숲에 갔을 때 이미 다른 다람쥐들이 와 있었다. 티미는 웃옷을 벗어 나뭇가지에 걸어 두었다.

둘은 조용히 일을 해 나갔다. 매일 여기저기 멀리까지 나가 견과를 많이 주웠고, 자루에 담아 가져와서 둥지를 튼 나무 근처 몇몇 빈 그루터기에 착착 모았다.

그루터기들도 가득 차는 바람에 그들은 자루에 담아 가져온 견과를 딱따구리의 집이었던 높은 나무 구멍 안에 쏟았다. 견과는 나무 아래로 아래로 굴러떨어졌다.

"어떻게 다시 꺼내려고? 꼭 금고 같잖아!" 하고 구디가 말했다.

"봄이 오기 전에 나는 비쩍 말라 있을 거야, 여보." 하고 티미 팁토스가 구멍 안을 들여다보며 말했다.

그들은 견과를 양껏 모았다. 단 한 알도 놓칠 수 없었다!

다람쥐들은 견과를 땅속에 묻고 나서 묻은 곳이

기억나지 않아 절반 이상을 잃어버리곤 한다. 숲속 다람쥐들 중 깜빡하기로는 실버테일이 단연 최고였다. 그는 땅을 파다 말고 금세 그걸 잊어버리고 다른 곳에 땅을 파다 남의 견과를 발견하는 바람에 싸움에 휘말리고는 했다. 게다가 다른 다람쥐들도 땅을 파기 시작해서 온 숲에서 소동이 벌어졌다!

불행히도 그 무렵 작은 새들이 무리를 지어 이 수풀에서 저 수풀로 날아다니며 초록빛 애벌레와 거미를 찾았다. 몇몇 작은 새들이 저마다 다른 노래를 지저귀었다.

첫 번째 새는 "누가 내 견과를 파 가져갔나? 누가 내 견과를 파 가져갔나?" 하고 노래했다.

다른 새는 "쪼그만 빵 조각에 치즈가 없구나! 쪼그만 빵 조각에 치즈가 없구나!" 하고 노래했다.

다람쥐들은 새들을 따라와 노래를 들었다. 첫 번째 새가 티미와 구디가 조용히 자루를 여미는 곳에 와서 노래를 불렀다.

"누가 내 견과를 파 가져갔나? 누가 내 견과를 파 가져갔나?"

티미 팁토스는 대답하지 않고 일을 계속했고, 작은 새도 대답을 기대하

지 않는 듯했다. 그저 나오는 대로 노래할 뿐 아무 의미도 없었다.

하지만 다른 다람쥐들은 그 노래를 듣고는 티미에게 달려와 그를 퍽퍽 때리고 할퀴었고, 그의 견과 자루를 뒤집어엎었다. 정작 이 모든 소동을 유발한 천진한 작은 새는 깜짝 놀라 날아가 버렸다!

티미는 쫓기고 쫓기다 방향을 틀어 둥지를 향해 달음질쳤고, 다람쥐 떼가 그를 뒤쫓으며 소리쳤다. "누가 감히 내 견과를 파 가져갔어?"

그들은 그를 붙잡아 작고 동그란 구멍이 난 그 나무 위로 끌고 올라가서는 그를 구멍 안으로 밀어넣었다. 그 구멍은 티모시 팁토스의 몸이 들어가기에는 너무 작았다. 그들은 그를 억지로 쑤셔 넣었는데, 갈비뼈가 부러지지 않은 것이 천만다행이었다. "녀석이 자백

할 때까지 여기 가둬 두자.” 다람쥐 실버테일은 그렇게 말하고 나서 구멍 안으로 외쳤다. “누가 감히 내 견과를 파 가져갔어?”

티미 팁토스는 대답하지 않았다. 그는 나무 안을 반쯤 채운 그의 견과 더미 위로 굴러떨어져 기절한 채

꼼짝 않고 누워 있었다.

구디 팁토스는 견과 자루들을 들고 집으로 돌아와 티미를 위해 차를 끓였지만 아무리 기다려도 티미는 돌아오지 않았다.

구디 팁토스는 외롭고 불안한 밤을 보냈다. 이튿날 아침 구디는 견과 나무숲으로 티미를 찾으러 나갔지만 다른 불친절한 다람쥐들이 그녀를 쫓아냈다.

구디는 온 숲을 돌며 외쳤다. “티미 팁토스! 티미 팁토스! 아, 어디 있어, 티미 팁토스?”

그사이 티미 팁토스는 정신이 들었다. 사방이 캄캄했다. 그는 이끼 침대에 누워 있었고, 온몸이 쑤셨다. 땅 밑인 것 같았다. 티미는 갈비뼈가 아파서 기침을 하고 끙끙 앓았다. 찍찍거리는 소리가 나더니 작은 줄무늬 얼룩다람쥐[66]가 등불을 들고 나타나 좀 어떠

냐고 물었다. 얼룩다람쥐는 티미에게 극진했고, 수면 모자도 빌려주었다. 그 집에는 살림살이와 먹을거리가 가득했다.

얼룩다람쥐는 나무 꼭대기에서 견과가 비 오듯 쏟아졌다고 말했다. "땅에 묻힌 것들도 발견했어요!" 녀석은 티모시의 사연을 듣고 하하 낄낄 웃었다. 티미는 침대에서 꼼짝할 수 없었고, 얼룩다람쥐는 많이 먹으라고 권했다. "하지만 살을 못 빼면 어떻게 저 구멍으로 나가겠어요? 내 아내가 많이 걱정할 텐데!" "한 알만, 아니 두 알만 더 먹어 봐요. 내가 쪼개 줄게요." 하고 얼룩다람쥐가 말했다. 티미 팁토스는 갈수록 뚱뚱해졌다!

한편 구디 팁토스는 혼자 일하기 시작했다. 딱따구리의 나무 구멍 안에는 견과를 넣지 않았다. 다시 꺼낼 마땅한 방법이 없었기 때문이다. 구디는

견과를 나무뿌리 밑에 숨겼다. 견과는 아래로 아래로 아래로 굴러갔다. 그러다 구디가 꽉 찬 아주 큰 자루를 비웠을 때 선명한 찍찍 소리가 났다. 구디가 다시 꽉 찬 자루를 비우자 작은 줄무늬 얼룩다람쥐가 허겁지겁 안에서 기어 나왔다.

"아래층이 점점 차고 있어요. 거실이 꽉 차서 견과가 통로로 굴러떨어진다니까요. 내 남편 치피 해키(까칠이 발끈이)는 나를 두고 달아났어요. 대체 왜 견과들이 비 오듯 쏟아지는 거예요?"

"용서를 구해야겠네요. 나는 여기에 누군가 사는지 몰랐어요." 하고 구디 팁토스가 말했다. "그런데 치피 해키는 어디 있어요? 내 남편 티미 팁토스도 달아났어요."

"치피가 있는 곳은 알고 있어요, 작은 새가 말해 줬거든요." 하고 치피 해키의 아

내가 말했다.

그녀는 딱따구리의 나무로 길을 안내했고, 그들은 구멍 안의 소리에 귀를 기울였다.

저 아래에서 견과 깨는 소리, 회색 다람쥐의 굵은 목소리와 얼룩다람쥐의 가는 목소리가 합창하는 노랫소리가 들려왔다.

"꼬마 아저씨도 나도 여기 떨어졌으니
이 일을 어찌 할꼬?
어떻게든 해 봐요,
어떻게든 나가요, 꼬마 아저씨!"

"댁은 저 작은 구멍으로 들어갈 수 있겠네요." 하고 구디 팁토스가 말했다.

"그럼요." 얼룩다람쥐가 말했다. "하지만 내 남편 치피 해키가 나를 물걸요!"

아래쪽에서 견과를 깨고 씹는 소리가 들렸고, 굵은 다람쥐 목소리와 가느다란 얼룩다람쥐 목소리가 함께 노래하는 소리가 들렸다.

"디들럼 데이를 위하여
데이 디들 덤 디!
데이 디들 디들 덤 데이!"

구디는 구멍 안을 들여다보고는 아래를 향해 외

쳤다.

"티미 팁토스!" 그러자 티미가 대답했다.

"당신이야? 구디 팁토스? 맞구먼!"

그는 올라와 구멍 사이로 구디에게 키스했지만 살이 너무 쪄서 밖으로 나갈 수는 없었다.

치피 해키는 그다지 뚱뚱하지 않았지만 나오려 하지 않고 그냥 아래에서 킬킬 웃기만 했다.

그 후 보름이 지났다. 거센 바람에 나무 꼭대기가 부러져 날아가자 구멍이 열리면서 비가 들이쳤다.

그제야 티미 팁토스는 밖으로 나와 우산을 쓰고 집으로 갔다.

하지만 치피 해키는 고생을 무릅쓰고 한 주 더 야영을 했다.

그러던 어느 날 커다란 곰이 숲을 어슬렁어슬렁 거닐었다. 아마도 견과를 찾는 모양인지 킁킁거리며 주변을 두리번거렸다.

치피 해키는 황급히 집으로 갔다!

치피 해키는 집에 도착했을 때 감기에 걸려 머리가 지끈거리는 바람에 계속 고생했다.

이제 티미와 구디 팁토스는 견과 곳간에 작은 맹꽁이자물쇠를 채워 둔다.

그리고 그 작은 새는 그 얼룩다람쥐를 볼 때마다 이렇게 노래한다.

"누가 내 견과를 파 가져갔나?
누가 내 견과를 파 가져갔나?"

하지만 아무도 대꾸하지 않는다!

토드 씨 이야기

지금까지는 마음씨 착한 동물들 이야기를 주로 했지만, 이제부터는 기분 전환 겸 고약한 두 동물인 오소리[67] '토미 브록'과 여우 '토드 씨'의 이야기를 하려 한다.

아무도 토드 씨를 '착하다.'고 하지 않았다. 토끼들은 토드 씨라면 질색을 했고, 1킬로미터 밖에서도 그의 냄새를 맡을 수 있었다. 토드 씨는 방랑벽이 있었으며 수염은 여우다웠다. 토끼들은 그가 언제 어디로 향할지 가늠하지 못했다.

토드 씨는 잡목림 안 움막집에 살던 어느 날 벤저민 바운서네 가족을 기겁하게 만들고는, 바로 이튿날 호숫가의 가지치기한 버드나무 속으로 이사해 들오리와 사향뒤쥐[68] 들을 공포로 몰아넣었다.

겨울철과 이른 봄철이면 그는 주로 오트밀 절벽 아래 황소 언덕 꼭대기 바위틈에 있는 땅굴에서 지냈다. 토드 씨는 집을 대여섯 채 가지고 있었지만 집 안에 머무는 일은 드물었다. 토드 씨가 집을 비운 동안 그의 집이 늘 비어 있는 것은 아니었다. 가끔 토미 브

록이 안에 들어와 살았기 때문이다. (허락도 안 받고.)

토미 브록은 빳빳하고 짧은 가시털로 뒤덮인 땅딸하고 퉁퉁한 몸으로 실실 웃으며 뒤뚱뒤뚱 걸어 다녔다. 얼굴에는 웃음기가 가득했다. 그의 행태가 점잖다고는 할 수 없었다. 말벌 둥지와 개구리나 벌레를 먹어 치우거나, 달밤에는 뒤뚱뒤뚱 돌아다니며 땅을 파헤쳤다.

옷차림도 몹시 지저분했다. 게다가 낮잠을 잘 때면 항상 장홧발로 침대에 들었는데, 그가 누워서 잔 침대는 대개 토드 씨의 침대였다.

토미 브록은 가끔 토끼 파이를 먹기도 했다. 하지만 먹을거리가 다 떨어졌을 때 어쩌다 한 번 아주 어린 것들만 먹었다. 토끼인 바운서 영감과는 친하게 지냈다. 사악한 수달과 토드 씨를 싫어한다는 점에서 둘은 의견 일치를 보았고, 가끔 애달픈 일들을 화제로 이야기를 나누었다.

바운서 영감은 몇 년째 병치레 중이었다. 어느 봄

날 그는 목도리를 두르고 굴 밖 양지에 앉아 담뱃대로 토끼 담배를 피우고 있었다.

바운서 영감은 아들 벤저민 버니와 며느리 플롭시와 손주들과 함께 살았는데, 그날은 벤저민 버니와 플롭시가 외출하고 없어서 집을 보던 중이었다.

꼬마 토끼들은 이제 파란 눈을 뜨고 발길질을 시작한 갓난쟁이들이었다. 토끼털과 건초로 만든 폭신폭신한 아기 침대는 큰 굴에서 떨어진 얕은 굴 안에 있었다. 사실 그날 바운서 영감은 아기들을 까맣게 잊고 있었다.

바운서 영감은 햇살 아래 앉아 토미 브록과 환담을 나누었다. 토미 브록은 자루와 땅 파는 작은 삽과 두더지 덫 몇 개를 들고 숲을 지나가던 참이었다. 그는 꿩 알이 귀하다고 불평하면서 토드 씨가 꿩 알을 가로

챘다고 비난했다. 게다가 그가 겨울잠을 자는 동안 수달들이 개구리를 싹쓸이했다고 했다.

"보름 동안 변변한 식사 한번 못 했어요. 요즘에는 피그넛[69]으로 겨우 연명한다니까요. 채식주의자가 되든지 내 꼬리를 뜯어먹든지 해야 할 판이에요!" 하고 토미 브록이 말했다.

그것은 농담이 아니었지만, 바운서 영감은 웃음이 났다. 웃지 않기에는 토미 브록이 너무 뚱뚱하고 짤막한 데다 빙긋 웃는 얼굴이었기 때문이다.

그래서 바운서 영감은 너털웃음을 웃고는 토미 브록에게 안에 들어가 씨앗 케이크 한 조각과 '며느리 플롭시가 빚은 앵초 와인 한 잔' 들고 가라고 권했다. 토미 브록은 날쌔게 토끼 굴 안으로 비집고 들어갔다.

바운서 영감은 담배 한 대를 더 피우고는 토미 브록에게 상추 잎궐련을 권했는데, 궐련의 효과가 워낙 강해서 토미 브록은 평소보다 더 싱글벙글했다. 굴 안은 연기로 가득했다. 바운서 영감은 쿨럭쿨럭 기침을 하며 킬킬 웃었고, 토미 브록은 담배를 뻐끔뻐끔 빨며 헤헤 웃었다.

바운서 영감은 상추 잎 연기 때문에 웃고 기침하고 눈을 꼭 감았다…….

플롭시와 벤저민이 돌아왔을 때에야 바운서 영감은 잠에서 깼다. 그런데 토미 브록과 아기 토끼들이 모두 사라지고 없었다!

바운서 영감은 토끼 굴 안으로 누군가를 들였다고 사실대로 말하지 않았다. 하지만 오소리 냄새가 진동하는 데다 모래 위에 둥글고 묵직한 발자국까지 찍혀 있었다. 영감은 부끄러웠다. 플롭시는 자기 귀를 쥐어뜯다가 영감을 철썩 때렸다.

벤저민 버니는 황급히 토미 브록을 뒤쫓으려 길을 떠났다.

토미 브록을 뒤쫓는 것은 그리 어렵지 않았다. 그가 발자국을 남기며 숲속으로 구불구불 이어지는 오솔

길을 따라 천천히 올라갔기 때문이다. 도중에 이끼와 괭이밥[70]을 뿌리째 뽑아 놓았는가 하면, 독보리[71]를 캐느라 깊은 구멍을 파 놓거나 두더지 덫을 놓아두기도 했다. 실개울 하나가 오솔길을 가로질러 이어졌다. 벤저민은 물에 젖지 않고 사뿐히 개울을 건넜다. 두더지의 묵직한 발자국이 진흙에 선명하게 찍혀 있었다.

오솔길을 따라가니 잡목 숲 가운데 나무를 베어 낸 공터가 나왔다. 낙엽으로 뒤덮인 참나무 그루터기와 파란 히아신스[72] 들이 바다처럼 펼쳐졌다. 벤저민은 걸음을 멈추었다. 히아신스 꽃향기 때문이 아니었다!

토드 씨의 움막집이 눈앞에 있었다. 게다가 집 안에 토드 씨가 있었다. 여우 냄새가 나는 데다 굴뚝 역할을 하는 부서진 양동이에서 연기가 피어오르는 것을 보니 확실했다.

벤저민 버니는 앉아서 그쪽을 주시했다. 수염이 씰룩거렸다. 움막

집 안에서 누군가 접시를 떨어뜨리더니 뭐라고 중얼거렸다. 벤저민은 발을 구르며 후다닥 달아났다.

그는 숲 반대편에 도달할 때까지 걸음을 멈추지 않았다. 토미 브록도 같은 신세인 게 분명했다. 담 꼭대기에 오소리 발자국들이 나 있고 들장미에는 자루에서 찢긴 실오라기들이 걸려 있었다.

벤저민은 담을 넘어 들판으로 나갔다. 갓 설치된 두더지 덫이 또 있었다. 아직은 토미 브록을 제대로 쫓고 있었다. 오후가 저물고 있었고, 다른 토끼들이 밖에 나와 저녁 공기를 즐기고 있었다. 파란 웃옷을 입은 토끼가 혼자 부지런히 민들레를 뜯었다. "사촌 피터구나! 피터 래빗, 피터 래빗!" 하고 벤저민 버니가 소리쳤다.

파란 웃옷의 토끼는 귀를 쫑긋거리며 일어나 앉았다.

"무슨 일이야, 사촌 벤저민? 고양이 때문이야? 아니면 페럿 존 스톳?"

"아냐, 아냐, 아냐! 놈이 아기들을 데려갔어……

토미 브록이…… 자루에 담아서…… 그놈 봤어?”

“토미 브록이? 몇이나, 사촌 벤저민?”

“일곱이야, 사촌 피터. 쌍둥이들을 모두 데려갔어! 놈이 이쪽으로 오지 않았어? 빨리 말해 봐!”

“왔어, 왔어. 한 10분쯤 되었나…… 놈이 그걸 애벌레라고 했어. 어쩐지 애벌레치고 발길질이 좀 거세더라니.”

“어느 쪽? 어느 쪽으로 갔어, 사촌 피터?”

“놈은 자루 안에 뭔가 살아 있는 걸 넣고 있었어. 가만히 지켜보니 두더지 덫을 놓던데. 궁리 좀 해 보자, 사촌 벤저민. 어찌된 일인지 처음부터 말해 봐.” 벤저민은 자초지종을 이야기했다.

"딱하게도 바운서 삼촌이 몇 년 새 분별력이 떨어진 모양이네." 피터는 생각에 잠겼다가 말했다.

"그래도 두 가지 점에서 아직 희망이 있어. 아기들이 아직 살아서 발길질을 한다는 것과, 토미 브록이 얼마 전에 간식을 먹었다는 거야. 곧 잠자리에 들 테니 아기들은 아침거리로 남겨 두겠지."

"어느 쪽으로 갔어?"

"사촌 벤저민, 좀 진정해. 어느 쪽으로 갔는지 내가 아주 잘 알고 있으니까. 움막집에는 토드 씨가 있으니 놈은 분명 황소 언덕 꼭대기에 있는 토드 씨의 다른 집으로 갔을 거야. 우리 누이 코튼테일에게 할 말이 있으면 가는 길에 자기가 전해 주겠다고 말한 걸 보면 확실해."(코튼테일은 검정 토끼와 결혼해서 황소 언덕에 살고 있었다.)

피터는 뜯은 민들레를 숨겨 놓고 나서 상심해 자꾸 중얼거리는 아빠 토끼를 데리고 길을 떠났다. 그들은 들판을 몇 번 건넌 후 언덕을 올랐다. 토미 브록이 지나간 자취는 뚜렷했다. 10미터마다 자루를 내려놓

고 쉰 것 같았다.

"지금쯤 숨이 턱에 차올랐을걸. 냄새로 보아 바짝 따라붙은 것 같아. 고약한 놈 같으니!" 하고 피터가 말했다.

아직 따사로운 햇빛이 언덕배기 초원을 비스듬히 내리쪼았다. 언덕 중턱에 코튼테일이 앉아 있었다. 주위에는 반쯤 자란 어린 토끼 네다섯이 놀고 있었는데 검은 토끼가 하나, 나머지는 전부 갈색 토끼였다.

코튼테일은 아까 토미 브록이 멀리 지나가는 것을 보았다. 그들은 집에 남편이 있느냐고 물었지만, 코튼테일은 토미 브록이 지나가는 동안 두 번 쉬는 것만 보았다고 대답했다.

토미 브록은 지나가면서 고개를 끄덕여 보이고는 자루를 가리키며 배를 잡고 웃음을 터뜨렸다고 했다.

"가자, 피터. 놈이 아이들을 요리할지 몰라. 더 빨리 움직여!" 하고 벤저민 버니가 말했다.

그들은 언덕을 오르고 또 올랐다. "코튼테일의 남편은 집 안에 있었어. 그의 검은 귀가 구멍 밖으로 비어져 나온 걸 봤거든."

"코튼테일 부부는 바위산 근처에 살아서 이웃과 다투는 걸 꺼려. 어서 가자, 사촌 벤저민!"

황소 언덕 꼭대기 근처에 다다랐을 때 그들은 조심조심 움직였다. 높다란 바위 더미 사이사이로 나무들이 자라고 있었고, 절벽 아래 토드 씨가 마련한 집이 있었다. 그 집은 깎아지르는 언덕 꼭대기에 자리하고 있었는데, 돌출한 바위와 우거진 떨기나무들이 집 위를 덮은 형상이었다. 토끼들은 귀를 바짝 세우고 경계하며 조심조심 기어올랐다.

그 집은 동굴 같기도 하고 감옥 같기도 하고 허물어져 가는 돼지우리 같기도 했

다. 하지만 문은 튼튼한 데다 단단히 잠겨 있었다.

석양빛에 창유리가 빨간 불꽃처럼 빛났지만 부엌에는 불기가 없었다. 토끼들이 창문으로 몰래 들여다보니 마른 나뭇가지들만 가지런히 놓여 있었다.

벤저민은 안도의 한숨을 내쉬었다.

하지만 상차림이 된 식탁을 보고는 소름이 끼쳐서 진저리를 쳤다. 파란 버들 문양의 큼직한 파이 접시, 고기 써는 큰 나이프와 포크, 고기를 토막 내는 식칼이 하나씩 놓여 있었다.

식탁 끝에는 접다 만 식탁보와 접시, 유리컵, 나이프와 포크, 소금 통, 겨자, 의자가 하나씩 있었다. 말하자면 한 사람 분의 상차림이었다.

아무도 보이지 않았고, 아기 토끼들도 보이지 않았다. 부엌은 텅 비어 고요했다. 벽시계는 고장 나 있었다. 피터와 벤저민은 창문에 코를 딱 붙이고는 땅거미가 내려앉은 어둠 속을 응시했다.

그들은 바위를 돌아

집 반대편으로 달려갔다. 축축하고 퀴퀴한 데다 가시나무와 들장미가 우거진 곳이었다.

토끼들은 신발 신은 발을 동동 굴렀다.

"아, 내 불쌍한 아기 토끼들! 여기는 정말 끔찍한 곳이야. 애들 얼굴을 다시 보기는 틀렸어!" 벤저민은

한숨을 쉬었다.

그들은 침실 창문으로 기어올랐다. 부엌처럼 여기도 창문이 닫힌 채 잠겨 있었다. 하지만 이 창문은 얼마 전 열린 흔적이 있었다. 거미줄이 걷힌 데다 창턱에 찍힌 더러운 발자국은 금방 생긴 것이었다.

방 안이 너무 어두워서 처음에는 아무것도 분간할 수 없었지만 곧 어떤 소리가 들렸다. 드르렁드르렁. 천천히 깊고 규칙적으로 코를 고는 소리였다. 눈이 어느 정도 어둠에 적응하자 그들은 토드 씨의 침대에서 잠이 든 형체를 파악했다. 이불을 덮고 웅크린 형체였다. "장화를 신은 채 잠이 들었어." 하고 피터가 속삭였다.

벤저민은 어쩔 줄 모르고 피터를 창턱에서 끌어냈다.

토드 씨의 침대에서 토미 브록이 코를 골며 자는 소리가 규칙적으로 들려왔다. 아기 토끼들은 흔적도 없었다.

해가 완전히 넘어가고, 올빼미가 숲속에서 울기 시작했다. 땅에 파묻혔으면 훨씬 더 좋았을 불쾌한 것들이 널려 있었다. 토끼 뼈와 해골, 닭다리 같은 으스스한 것들이었다. 소름이 돋는 곳인 데다 아주 깜깜했다.

그들은 앞문 쪽으로 돌아가 부엌 창문의 빗장을

열려고 갖은 애를 썼다. 창틀 사이의 녹슨 못도 밀어 보았지만 아무 소용이 없었다. 꿈쩍도 하지 않았다.

그들은 창문 밖에 나란히 앉아 소곤거리며 귀를 기울였다.

30분쯤 후 달이 숲 위로 떠올랐다. 환하고 맑고 차가운 달빛이 바위 사이의 집과 부엌 창문 안으로 비추어 들었다. 하지만 안타깝게도 아기 토끼들은 보이지 않았다!

달빛에 고기 나이프와 파이 접시가 반짝거렸고, 더러운 바닥 위로 환한 오솔길이 생겼다. 부엌 벽난로 옆 벽에 난 작은 문이 달빛에 드러났다. 벽돌 오븐에 난 작은 철문이었는데, 그것은 땔나무로 불을 지피는 구식 오븐이었다.

얼마 후 피터와 벤저민은 그들이 창문을 흔들 때마다 그 작은 철문이 응답하듯 흔들리는 것을

동시에 알아챘다. 아기 토끼들이 살아서 오븐 안에 갇혀 있었던 것이다!

벤저민이 워낙 흥분한 바람에 토미 브록이 깨지 않은 것은 천만다행이었다. 토미 브록은 토드 씨의 침대에서 코를 골며 곤히 자고 있었다.

하지만 아기들을 발견한 기쁨은 오래가지 못했다. 창문을 열 수가 없었기 때문이다. 게다가 아기 토끼들이 살아 있기는 했지만 아직 기어 다니지도 못하는 나이라 스스로 오븐을 빠져나올 수도 없었다.

한참을 소곤소곤 의논한 끝에 피터와 벤저민은 굴을 파기로 했다. 그들은 언덕 밑으로 1, 2미터쯤 파 들어갔다. 집 밑의 커다란 바위틈 사이를 파고들 요량이었다. 부엌 바닥이 어찌나 더러운지 흙바닥인지 돌바닥인지 알 수 없었다.

그들은 몇 시간을 파고 또 팠다. 바위 때문에 굴을 직선으로 팔 수 없었지만 동이 틀 무렵 부엌 바닥 밑에 도달했다. 벤저민은 등을 대고 누워 위쪽으로 파 올라갔다. 피터의 발톱은 다 닳았다. 피터는 모래를 헤

치고 굴을 빠져나와 아침이 밝았다고 외쳤다. 해가 떠오르고 있었다. 어치[73]가 아래 숲에서 소란을 떨었다.

벤저민 버니도 어두운 굴속에서 빠져나와 귀를 흔들어 모래를 빼내고는 앞발로 얼굴을 닦았다. 햇살이 시시각각 언덕 꼭대기를 더 따사로이 내리쪼았다. 계곡에 펼쳐진 하얀 안개 바다 위로 비죽비죽 솟은 황금빛 우듬지들이 보였다. 저 아래 안개에 싸인 들판 쪽에서 어치의 성난 외침이 또다시 들려오더니 여우의 앙칼진 고함이 터져 나왔다!

그 소리에 두 토끼는 그만 정신이 나가 두 번 다시 없을 어리석은 짓을 저지르고 말았다. 간밤에 판 굴속으로 도로 뛰어들어 굴 입구 근처, 토드 씨의 부엌 바닥 아래로 몸을 숨긴 것이다.

그사이 토드 씨는 황소 언덕을 오르고 있었다. 부아가 치밀어 폭발할 지경이었다. 그가 화가 난 이유는

무엇보다 접시를 깼기 때문이었다. 자기 잘못으로 일어난 일이지만, 깬 도자기 접시는 그의 할머니 벡슨 토드가 남겨 준 마지막 만찬용 그릇이었다. 게다가 깔따구[74]들은 또 어찌나 성가신지. 그것도 모자라 둥지에 있던 암꿩도 놓쳤는데, 둥지에는 꿩 알이 다섯 개밖에 없었고 그나마 두 개는 곯은 알이었다. 그랬으니 평안한 밤을 보냈을 리 없었다.

심통이 날 때면 으레 그러듯 그는 거처를 옮기기로 했다. 먼저 베인 버드나무로 갔지만 그곳은 너무 축축했다. 더구나 근처에는 수달들이 떨어뜨리고 간 죽은 생선도 한 마리 있었다. 토드 씨는 자기도 흔적을 남기면서 남이 남긴 흔적은 좋아하지 않았다.

그는 언덕 위로 향했다. 오소리의 뚜렷한 흔적은 토드 씨의 분노를 가라앉히기는커녕 부채질했다. 이

끼를 이렇게 건방지게 파헤칠 이가 토미 브록 말고 또 누가 있겠나!

토드 씨는 지팡이로 땅을 탁탁 두드리며 씩씩거

렸다. 토미 브록이 어디로 갔는지 알 만했다. 끈질기게 따라붙는 어치 때문에 짜증이 솟구쳤다. 어치는 이 나무에서 저 나무로 날아다니며 들을 만한 곳에 있는 모든 토끼들에게 고양이나 여우가 접근 중이라고 고래고래 경고했다. 어치가 소리치며 머리 위를 나는 순간 토드 씨는 어치를 향해 덤벼들며 으르렁거렸다.

그는 커다란 녹슨 열쇠를 들고 집을 향해 살금살금 접근했다. 코를 킁킁거리고 수염을 씰룩거리며. 집은 꽁꽁 잠겨 있었지만 집이 비어 있을 리 없었다. 그는 녹슨 열쇠를 열쇠 구멍에 넣어 돌렸고, 토끼들은 그 소리를 들었다. 토드 씨는 문을 살며시 열고 안으로 들어갔다.

토드 씨는 눈앞에 펼쳐진 부엌 꼴을 보고 분개했다. 토드 씨의 의자와 토드 씨의 파이

접시, 나이프와 포크와 겨자와 소금 통, 옷장 안에 고이 접어 둔 식탁보까지 나와 있었기 때문이다. 모두 저녁상(혹은 아침상)을 위해 차려진 것이었고, 가증스러운 토미 브록의 짓이 틀림없었다.

갓 파낸 흙냄새와 지저분한 오소리의 체취가 진동했다. 그 덕에 토끼 냄새는 가려졌다.

오히려 토드 씨의 주의를 끈 것은 그의 침대 쪽에서 규칙적으로 들려오는 느릿한 저음의 코 고는 소리였다.

토드 씨는 반쯤 열린 침실 문의 경첩 틈으로 방 안을 들여다보고는 돌아서서 서둘러 집 밖으로 나갔다.

화가 치밀어 수염과 목덜미 털이 곤두섰다.

이후 20분 동안 토드 씨는 집 안으로 살금살금 기어들었다가 황급히 물러나기를 반복했다. 갈수록 집 안으로 더 깊숙이, 침실 안으로 직행했다. 그러다 집 밖으로 나오면 분통이 터져서 땅을 마구 파헤쳤다. 하지만 다시 안으로 들어가면 토미 브록의 송곳니가 아무래도 마음에 걸렸다.

토미 브록은 입을 헤 벌리고 빙그레 웃는 얼굴로

똑바로 누워 있었는데, 태평하게 규칙적으로 코를 골았지만 한쪽 눈은 반쯤 뜨고 있었다.

토드 씨는 침실을 들락날락했다. 두 번은 지팡이를, 한 번은 석탄 통을 들고 들어왔지만 매번 다시 생각하고는 그것들을 도로 치웠다.

그가 석탄 통을 치우고 돌아왔을 때 토미 브록은 약간 옆으로 누워 있었지만 더 깊이 잠든 것 같았다. 토미 브록은 게으르기 짝이 없는 작자였고, 토드 씨를 조금도 무서워하지 않았다. 너무 게으르고 태평한 탓에 몸을 잘 움직이지도 않았다.

토드 씨는 빨랫줄을 들고 침실로 돌아왔다. 그는 1분쯤 서서 토미 브록을 지켜보며 코 고는 소리에 귀를 기울였다. 코 고는 소리는 매우 우렁찼지만 꽤 자연스러웠다.

토드 씨는 침대를 등지고 창문을 열었다. 창문이 끼익 열렸다. 그는 펄쩍 뛰며 돌아섰다. 토미 브록은 한쪽 눈을 뜨고 있다가 얼른 감았다. 코 고는 소리는 계속되었다.

토드 씨의 동작은 이상하고 조금 어색할 수밖에 없었다.(침대가 창문과 침실 문 사이에 있었기 때문이다.) 그는 창문을 조금 열고 빨랫줄의 대부분을 바깥 창턱 위로 밀어냈다. 고리가 달린 반대쪽 끝은 손에 쥐었다.

토미 브록은 규칙적으로 코를 골았다. 토드 씨는 잠시 물러서서 토미 브록을 쳐다보다 다시 방을 빠져나갔다.

토미 브록은 두 눈을 번쩍 뜨고 줄을 보고는 씩 웃

었다. 창문 밖에서 기척이 들렸다. 토미 브록은 서둘러 눈을 감았다.

토드 씨는 앞문으로 나가서 집 뒤편으로 돌아갔다. 도중에 한 번 토끼 굴에 걸려 비틀거렸는데, 굴 안에 누가 있는지 알았다면 그들을 가차 없이 끌어냈을 것이다.

그의 발이 피터 래빗과 벤저민의 머리 위까지 푹 들어갔지만 그는 토미 브록이 한 짓이라고만 여겼다.

그는 창턱에서 둥글게 감긴 빨랫줄 뭉치를 집어 들고는 잠시 귀를 기울이다 줄 끝을 나무에 묶었다.

토미 브록은 한쪽 눈으로 창문 밖의 토드 씨를 지켜보았는데, 무얼 하려는 건지 아직 아리송했다.

토드 씨는 샘에서 물을 한 통 길어와 비척거리며 부엌을 통해 침실로 가져갔다. 그는 물통을 침대 옆에 내려놓고는 고리가 달린 빨랫줄 끝을 들고 잠시 망설이며 토미 브록을 쳐다보았다. 이제 토미 브록은 숨이 넘어갈 듯 코를 골았지만 아까처럼 환히 웃는 얼굴은 아니었다.

토드 씨는 조심조심 침대 머리 옆에 놓인 의자 위로 올라갔다. 그의 다리는 토미 브록의 이빨 옆에 위태로이 노출되어 있었다.

그는 앞발을 올려 고리 달린 빨랫줄 끝을 침대 지붕에 걸쳤다. 원래는 침대 커튼이 달려 있어야 할 곳이었다.

(토드 씨는 집을 비울 때면 침대 커튼을 개어 치워 두었다. 침대보도 마찬가지였다. 토미 브록은 이불만 덮고 있었다.) 토드 씨는 의자 위에 아슬아슬하게 서서 아래의 토미 브록을 유심히 살폈다. 토미 브록은 숙면 대회의 우승감이었다!

세상모르게 잠이 들어 침대 위에서 빨랫줄이 부스럭거려도 모르는 것 같았다.

토드 씨는 의자에서 무사히 내려와 물통을 다시 들어 올렸다. 토미 브록의 머리 위에 매달리도록 물통을 고리에 걸어 두고 창밖에서 줄을 조작해 물벼락을 맞힐 셈이었다.

하지만 가느다란 다리의 소유자라 (복수심이 강한 모래색 수염에도 불구하고) 무거운 물통을 빨랫줄 고리

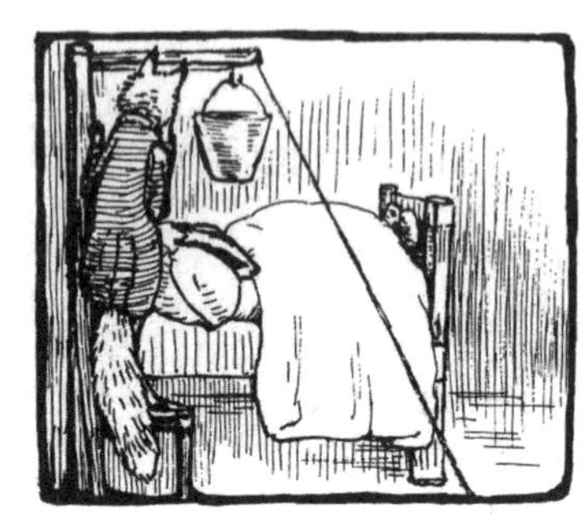

까지 들어 올릴 수가 없었다. 자칫하면 균형을 잃고 넘어지기 십상이었다.

코 고는 소리는 숨이 넘어갈 듯이 점점 심해졌다. 한쪽 뒷다리가 이불 속에서 움찔거렸지만 토미 브록은 여전히 태평하게 잠을 잤다.

토드 씨와 물통은 무사히 의자에서 아래로 내려왔다. 토드 씨는 한참 궁리한 끝에 물을 세숫대야와 항아리에 나누어 부었다. 빈 양동이는 그리 무겁지 않았다. 그는 양동이를 토미 브록의 머리 위에 덜렁덜렁 매달았다.

아무리 깊이 잠든다 해도 이런 상황에서 깨지 않을 수 있나! 토드 씨는 의자 위에 올라갔다가 내려가기를 반복했다.

물이 가득한 양동이는 들어 올릴 수 없었기 때문에 그는 우유병을 가져와 물을 조금씩 떠서 양동이에 부었다. 양동이는 점점 차올라 추처럼 흔들렸다. 가끔

씩 물이 한 방울씩 떨어졌지만 토미 브록은 여전히 규칙적으로 코를 골며 움직이지 않았다. 한쪽 눈만 빼고.

마침내 토드 씨는 준비를 마쳤다. 양동이에는 물이 가득했고, 빨랫줄은 침대 위를 가로질러 창턱을 지나 밖의 나무로 팽팽히 연결됐다.

"침실이 난장판이 되겠지만 어차피 봄맞이 대청소를 하지 않고는 저 침대에서 다시는 잘 수 없을 거야." 하고 토드 씨는 말했다.

토드 씨는 마지막으로 오소리를 흘끔 보고 살그머니 방을 나서고는 집 밖으로 나가 앞문을 닫았다. 토끼들은 굴 위를 지나가는 그의 발소리를 들었다.

그는 집 뒤편으로 달려갔다. 줄을 풀어 물이 가득한 양동이가 토미 브록을 덮치게 할 속셈이었다.

"기겁을 하며 잠에서 깨는 맛이 어떤 건지 알려주마." 하고 토드 씨가 말했다.

여우가 사라지자마자 토미 브록은 서둘러 일어났

다. 그리고 토드 씨의 가운을 뭉쳐 양동이 아래 이불 속에 넣어 두고는 방을 떠났다. 아주 활짝 웃는 얼굴로.

토미 브록은 부엌에 가서 불을 지핀 다음 물을 끓였다. 아기 토끼들을 요리할 정신은 없었다.

토드 씨는 나무에 도달했지만 매듭이 무게와 팽팽함 때문에 너무 단단해져서 잘 풀리지 않았다. 이빨로 줄을 끊을 수밖에 없었다. 20분도 넘게 토드 씨는 줄을 씹고 갉아 댔다. 그러다 별안간 줄이 와락 풀리는 바람에 하마터면 그는 이빨이 몽땅 빠지며 뒤로 나자빠질 뻔했다.

집 안에서는 우당탕우당탕, 철썩철썩하며 양동이가 이리저리 구르는 소리가 났다.

하지만 비명 소리는 없었다. 토드 씨는 어리둥절했다. 그는 가만히 앉아 귀를 바짝 세우다 창문 안을 훔쳐보았다. 침대에서 물이 줄줄 흘러내렸고, 양동이는 구석으로 굴러가 있었다.

침대 가운데 이불 밑에 뭔가 물에 젖은 납작한 것이 있었는데, 양동이가 덮친 부위(배 부근)는 움푹 꺼져 있었다. 머리는 젖은 담요에 덮여 있었고 더 이상 코를 골지 않았다.

움직이는 기색도 없었고, 매트리스에서 물이 뚝뚝 떨어지는 소리 외에는 아무 소리도 나지 않았다.

그렇게 30분이 흘렀을 때 가만히 지켜보던 토드 씨의 눈이 반짝반짝 빛났다.

그는 신이 나서 펄쩍펄쩍 뛰다 대담하게 창문을 두드리기도 했다. 하지만 침대 위 형체는 움직이지 않았다.

그랬다! 의심의 여지가 없었다. 결과는 좋다 못해 계획을 뛰어넘는 대성공이었다. 양동이가 가엾은 토미 브록을 덮쳐 죽인 것이다!

"제 손으로 파 놓은 구덩이에 저 고약한 작자를 묻어야겠군. 침구는 밖에 내걸어 햇빛에 말려야겠어." 하

고 토드 씨는 말했다.

"식탁보는 세탁해서 햇볕이 드는 풀밭에 펼쳐 놓으면 하얘질 거야. 담요는 내걸어 바람에 말리고. 침대는 철저히 소독하고 워밍 팬[75]으로 다린 후 뜨거운 물을 담은 통으로 데워야겠어."

"세숫비누든 빨랫비누든 모두 가져와야지. 소다랑 청소 솔도. 살충제 가루도. 냄새는 석탄산으로 없애자. 소독해야 해. 유황[76]을 태워야 할지도 몰라."

그는 부엌에 있는 삽을 가지러 집으로 돌아갔다. "우선 구덩이를 준비해 놓고 그 작자를 담요에 싸서 끌어내는 거야……."

그는 부엌문을 열었다…….

토드 씨의 부엌 식탁에 토미 브록이 버젓이 앉아 토드 씨의 찻주전자로 토드 씨의 찻잔에 찻물을 따르고 있었다. 보송보송한 몸에 싱글벙글한 얼굴로. 그는 뜨거운 차가 담긴 찻잔을 토드 씨에게 냅다 던졌다.

토드 씨는 토미 브록에게 와락 덤벼들었고, 토미 브록은 토드 씨와 드잡이를 하며 사금파리 사이를 뒹굴었다. 부엌에서 난투극이 벌어졌다. 가구가 넘어질 때마다 땅속 토끼들에게 마루가 무너질 듯한 소리가 들렸다.

피터와 벤저민은 굴에서 기어 나와 바위틈과 수풀 속을 돌아다니며 걱정스럽게 귀를 기울였다.

집 안에서 무시무시한 소동이 벌어졌다. 오븐 안의 아기 토끼들은 잠에서 깨 오들오들 떨었다. 안에 갇힌 것이 차라리 다행이었다. 식탁을 빼고 모든 것이 뒤집어졌다.

난로 선반과 부엌 난간을 제외한 모든 것이 부서졌다. 도자기들은 산산조각이 났다.

의자들이 부서지고, 창문과 벽시계도 부서져 떨어지고 토드 씨의 모래색 수염도 한 움큼 뽑혔다.

벽난로 선반 위 꽃병들도, 선반 위 차를 담은 통들도, 요리판 위 주전자도 떨어져 박살이 났다. 토미 브록은 라즈베리 잼 통에 발을 빠뜨렸다.

한편 펄펄 끓던 주전자 물이 토드 씨의 꼬리 위로

쏟아졌다.

주전자가 떨어지는 순간, 토미 브록은 때마침 우위를 점하고는 웃는 얼굴로 토드 씨를 통나무처럼 데굴데굴 굴려서 문 밖으로 밀어냈다.

으르렁거리고 물어뜯는 싸움은 집 밖으로 이어졌다. 그들은 바위에 부딪히며 언덕 밑으로 데굴데굴 굴러 내려갔다.

그렇게 해서 토미 브록과 토드 씨 사이에 그나마 남은 정마저 싹 떨어졌다.

그들이 언덕배기에서 사라지자마자 피터 래빗과 벤저민 버니는 수풀에서 나왔다.

"지금이야! 어서 들어가, 사촌 벤저민! 들어가서 아이들을 데려와! 나는 문에서 망을 볼게."

하지만 벤저민은 두

려웠다.

"어후, 어후! 그들이 돌아올 거야!"

"아냐, 안 돌아와."

"아냐, 돌아올 거야!"

"못난 소리 그만해! 그들은 채석장 밑으로 떨어졌어."

그래도 벤저민은 망설였고, 피터는 벤저민을 계속 재촉했다.

"얼른. 괜찮다니까 그러네. 나올 때 오븐 문 꼭 닫아, 사촌 벤저민, 그래야 놈이 눈치채지 못하지."

이처럼 토드 씨의 부엌에서는 열띤 소란이 벌어졌다!

그동안 저 멀리 토끼 굴에는 냉랭한 분위기가 감돌았다.

플롭시와 바운서 영감은 저녁 식사 자리에서 다투었다. 뜬눈으로 밤을 지새운 후 아침 식사 자리에서 또다시 다투었다. 바운서 영감은 토끼 굴로 손님을 들

였다는 사실을 더 이상 숨길 수 없었지만 플롭시의 추궁과 질책에는 침묵으로 대응했다. 그날 하루는 무겁게 흘러갔다.

바운서 영감은 풀이 죽어 의자를 방패 삼아 구석에 웅크려 있었다. 플롭시는 할아버지의 담뱃대를 치워 버리고 담뱃잎도 숨겨 놓았다. 그러고 나서 플롭시는 마음을 가라앉히려고 물건들을 싹 들어내고 대청소를 시작했다.

플롭시가 청소를 마쳤을 때, 바운서 영감은 의자 뒤에서 플롭시의 다음 행동을 초조하게 기다리고 있었다.

한편 토드 씨의 부엌에서는 벤저민 버니가 조마조마한 마음으로 짙은 먼지 구름을 뚫고 난장판을 헤치며 오븐을 향해 나아갔다. 그는 오븐 문을 열고 안을 더듬어 따뜻하고

꼬물거리는 것들을 찾아 조심히 꺼내 들고 피터 래빗에게 돌아왔다.

"내가 데려왔어! 이제 그만 떠날까? 아니면 숨어야 할까, 사촌 피터?"

피터는 귀를 쫑긋거렸다. 아직 싸우는 소리가 저 멀리 숲에서 메아리쳤다.

5분 후 두 토끼는 헐떡거리며 자루를 함께 풀밭 위로 쿵당쿵당 끌고 들기를 반복하며 황소 언덕을 내려왔다. 그들은 무사히 집에 도착해 토끼 굴 안으로 들어갔다.

피터와 벤저민이 아기 토끼들을 데리고 의기양양하게 나타났을 때 바운서 영감은 가슴을 쓸어내렸고, 플롭시는 뛸 듯이 기뻐했다.

아기 토끼들은 가벼운 타박상을 입고 몹시 허기진 상태였다. 아기들은 밥을 먹고 잠자리에 들었고 곧 회복되었다.

바운서 영감은 새 담뱃대와 신선한 토끼 담배를 받았다. 영감은 체면을 차리다가 못 이기는 척 그것을 받았다. 바운서 영감은 용서를 받았고, 가족들은 다 같이 저녁을 먹었다. 피터와 벤저민은 그간의 이야기를 털어놓았지만, 얼마 못 가 토미 브록과 토드 씨의 싸움이 어떻게 끝났는지 말해 주었다.

피글링 블랜드 이야기

옛날 옛날에 패티토즈(족발) 아줌마라는 엄마 돼지가 살았다. 패티토즈는 자식을 여덟 두었는데, 그 중 네 딸의 이름은 크로스패치(투덜이)와 썩썩(쪽쪽이)과 요크요크(낄낄이)와 스폿(점박이)이었고, 네 아들은 알렉산더와 피글링 블랜드(밋밋이)와 친친(건

배)과 스텀피(몽땅이)였다. 스텀피는 사고로 꼬리가 잘려서 몽툭했다.

꼬마 돼지들은 여덟 모두 먹성이 대단했다. "좋아, 좋아, 좋아! 내 새끼들 잘도 먹네, 참 잘 먹어!" 패티토즈 아줌마는 아이들을 뿌듯하게 바라보며 말했다.

별안간 겁에 질린 비명 소리가 났다. 알렉산더가 돼지 여물통 틀에 끼어서 옴짝달싹하지 못했다.

패티토즈 아줌마와 나는 뒷다리를 잡아 녀석을

끌어냈다.

친친은 진작부터 말썽을 부렸다. 오늘은 빨래하는 날이었는데, 녀석이 비누 하나를 먹어 치운 것이다. 얼마 뒤에는 세탁한 옷 바구니 안에서 더러운 아기 돼지가 또 발견되었다. "꿀꿀꿀! 요 녀석은 또 누구야?" 하고 패티토즈 아줌마가 말했다.

이 돼지 가족은 몸이 전부 분홍빛이거나 분홍색

바탕에 검은 점이 찍혀 있었는데, 이 새끼 돼지는 온몸이 거뭇거뭇했다. 녀석은 강제로 목욕통에 빠지고 나서야 요크요크라는 게 밝혀졌다.

나는 텃밭에 갔다가 당근을 뽑는 크로스패치와 썩썩을 발견했다. 나는 녀석들을 때려 주고는 귀를 잡아 내쫓았다. 크로스패치는 나를 물려고 덤볐다.

"패티토즈 아줌마, 패티토즈 아줌마! 당신은 할 일을 다 하는 돼지인데 당신 아이들은 제멋대로 자라고 있어요. 스폿과 피글링 블랜드를 제외하고는 하나

같이 말썽을 부리니 말이에요."

"네, 네!" 패티토즈 아줌마는 한숨을 쉬었다. "게다가 우유도 들통째 마셔 버린답니다. 암소를 한 마리 더 키워야 할 판이에요. 착한 스폿은 집에 두어 집안일을 시키고, 나머지 아이들은 내보내야겠어요. 아들 넷과 딸 넷은 너무 많아요. 네, 네, 네." 패티토즈 아줌마는 말했다. "녀석들이 없으면 먹을거리가 좀 넉넉해지겠지요."

그래서 친친과 썩썩은 손수레를 타고 떠났고, 스텀피와 요크요크, 크로스패치는 마차를 타고 떠났다.

다른 꼬마 돼지 피글링 블랜드와 알렉산더는 장터로 향했다. 우리는 녀석들의 털을 빗기고, 꼬리를 예쁘게 말아 주고, 작은 얼굴을 씻긴 다음 마당에서 작별 인사를 했다.

패티토즈 아줌마는 큼직한 손수건으로 눈가를 훔치고 나서 피글링 블랜드의 코를 닦아 주고 다시 눈물을 흘렸다. 그러고는 알렉산더의 코를 닦아 주고 눈물을 흘렸다. 그러다가 손수건을 스폿에게 넘겼다. 패티토즈 아줌마는 한숨을 폭폭 쉬고 툴툴거리다 꼬마 돼지들에게 말했다.

"자, 피글링 블랜드야, 내 아들 피글링 블랜드야, 너는 장터에 가야 해. 동생 알렉산더의 손을 꼭 붙잡고 가거라. 나들이 옷 더럽히지 말고, 코 푸는 것도 잊지 말아라."(패티토즈 아줌마는 다시 손수건을 건네었다.) 덫과 닭장 조심하고, 베이컨 에그[77]도 조심하렴. 항상 뒷다리로 서서 걷고."

침착한 꼬마 돼지 피글링 블랜드는 시무룩하게 엄마를 보았다. 눈물이 뺨을 타고 흘러내렸다.

패티토즈 아줌마는 다른 아이에게 돌아섰다. "내 아들 알렉산더야, 형 손잡아." "꿀꿀꿀!" 알렉산더는 깔깔 웃었다. "피글링 블랜드 형 손잡아. 장터에 가야 하니까. 조심하……." "꿀꿀꿀!" 알렉산더는 다시 끼어들었다. "이 녀석이 끝까지 속을 썩이네." 패티토즈 아줌마가 말했다. "표지판과 이정표 잘 살피고, 청어 뼈 통째로 삼키지 말고……." "그리고 명심하렴." 하고 나는 강조했다. "마을 경계선을 넘으면 다시는 돌아올 수 없어. 알렉산더야, 안 듣고 있구나. 이건 랭커셔 시장에 가는 돼지 통행증 두 개란다. 잘 들어, 알렉산더. 경

찰관에게 이 통행증을 얻느라 얼마나 애를 먹었는지 몰라." 피글링 블랜드는 풀이 죽은 채 귀를 기울였고, 알렉산더는 마냥 천방지축이었다.

나는 통행증을 꼬맹이들의 조끼 안주머니에 핀으

로 단단히 고정시켰다. 패티토즈 아줌마는 꼬마들에게 꾸러미를 하나씩 주고는 통행증을 요구받거나 이야기를 나눌 때 쓰라고 대화용 박하사탕을 여덟 개씩 주었다. 그렇게 그들은 길을 떠났다.

피글랭 블랜드와 알렉산더는 종종걸음으로 1.5킬로미터쯤 꾸준히 걸었다. 적어도 피글링 블랜드는 그랬다. 알렉산더는 지그재그로 걷느라 걷는 것에 비해 절반밖에 나아가지 못했다. 이리저리 춤을 추고, 형을 꼬집고, 노래를 불렀다.

"이 돼지는 시장에 갔네. 이 돼지는 집에 남아 있었네. 이 돼지는 고기를 먹었네……."

"도시락으로 무얼 싸 주었는지 좀 볼까, 피글링?"

피글링 블랜드와 알렉산더는 앉아서 꾸러미를 풀

었다. 알렉산더는 도시락을 순식간에 먹어 치우고는 박하사탕마저 모조리 먹어 버렸다. "형 것 하나만 주라, 응? 피글링?" "하지만 이건 만약을 위해 가지고 있어야지." 하고 피글링 블랜드는 자신 없는 투로 말했다. 알렉산더는 웃음을 터뜨렸다. 그러고는 돼지 통행증을 고정했던 핀으로 피글링을 찔렀다. 피글링이 쥐어박자 그만 핀을 떨어뜨리고는 피글링의 핀을 빼앗으려 덤비는 바람에 서류들이 뒤죽박죽되고 말았다. 피글링 블랜드는 알렉산더를 나무랐다.

하지만 얼마 후 둘은 화해하고 함께 노래를 부르며 길을 떠났다.

"톰, 톰, 피리 부는 사람의 아들,

돼지를 훔쳐 달아났네!

그가 부를 수 있는 노래는,

'언덕 너머 저 멀리!'뿐이네."[78]

"그건 무슨 노래니, 꼬맹이들아? 돼지를 훔쳤다고? 통행증은 어디 있지?" 하고 경찰관이 물었다. 그들은 모퉁이를 돌다 하마터면 경찰관과 부딪칠 뻔했다. 피글링 블랜드는 자기 통행증을 꺼냈지만, 알렉산더는 뒤적이다 뭔가 구겨진 것을 건네었다.

"대화용 사탕 70그램이 3파딩이라…… 이게 뭐지? 통행증이 아니잖아?" 알렉산더의 코가 눈에 띄게 길어졌다. 통행증을 잃어버린 것이다. "가지고 있었어요, 정말이에요, 경찰관님!"

"애초에 통행증 없이 보내지는 않았겠지. 마침 내

가 그 농장을 지나가는 길이니 나를 따라와도 돼." "저도 같이 돌아가도 될까요?" 하고 피글링 블랜드가 물었다. "그럴 것 없어, 꼬맹아. 네 서류는 문제없거든."

피글링 블랜드는 혼자 길을 가고 싶지 않았다. 게다가 비마저 내리기 시작했다.

하지만 경찰관과 다투어 봐야 좋을 게 없으므로 피글링 블랜드는 동생에게 박하사탕을 하나 쥐어 준 후 동생이 사라지는 모습을 바라보았다.

알렉산더의 여정은 이렇게 마무리되었다. 경찰관은 슬슬 걸어 차 마실 시간에 농장에 도착했고, 풀 죽은 꼬마 돼지가 경찰관을 따라왔다. 나는 알렉산더를 이웃집에 맡겼고, 녀석은 그곳에 잘 적응해서 정착했다.

한편 피글링 블랜드는 혼자 맥없이 길을 걷다가 교차로에 도달했다. 이정표에는 '장터 마을까지 8킬로미터, 언덕 정상까지 4.5킬로미터, 패티토즈 농장까지 5킬로미터'라고 쓰여 있었다.

피글링 블랜드는 가슴이 철렁 내려앉았다. 인력 시장이 열리는 장터 마을에 도착해 거기서 밤을 보낼 가망이 없었기 때문이다. 알렉산더의 경솔한 행동으로 낭비한 시간을 생각하면 한숨이 절로 나왔다.

꼬마 돼지는 언덕으

로 난 길을 안타깝게 바라보았다. 그리고 어쩔 수 없다는 듯 빗방울을 막기 위해 외투 단추를 채우고는 반대 방향으로 걷기 시작했다. 집을 떠나고 싶다는 생각은 한 번도 한 적이 없었다. 북적이는 시장에서 홀로 구경거리가 되어 이리저리 떠밀리기 싫었고, 몸집이 크고 낯선 농부에게 일꾼으로 고용되어 떠나기도 싫었다.

"작은 텃밭을 일구면서 감자나 키웠으면 좋겠다." 하고 피글링 블랜드는 중얼거렸다.

꼬마 돼지는 차가워진 손을 주머니에 넣고 종이를 만지작거리다 다른 손을 반대편 주머니에 넣어 다

른 종이를 만지작거렸다. 알렉산더의 것이었다! 피글링은 소리치며 알렉산더와 경찰관을 따라잡으려고 미친 듯이 달려온 길을 되돌아갔다.

그러다 피글링은 방향을 잘못 틀었고, 몇 번이나

방향을 잘못 틀다가 길을 아주 잃고 말았다. 날은 저물었고, 바람은 쌩쌩 불었고, 나무들은 윙윙 신음했다.

피글링 블랜드는 겁을 먹고 울음을 터뜨렸다. "꿀꿀꿀! 집에 가는 길을 못 찾겠어!"

한 시간쯤 헤맨 끝에 피글링은 숲을 빠져나왔다. 구름 사이로 비치는 달빛에 생소한 시골 풍경이 그의 눈앞에 펼쳐졌다.

황무지 사이로 길이 하나 나 있었고, 그 아래로 널따란 계곡과 강이 달빛 아래 반짝거렸으며, 그 너머 아득한 저편에 언덕들이 있었다.

피글링은 작은 헛간을 발견하고는 거기로 가서 살그머니 안으로 기어들었다. "닭장이라 아쉽기는 하지만 어쩔 수 없잖아?" 하고 피글링 블랜드는 중얼거렸다. 몸이 축축하게 젖은 데다 춥고 피곤했다.

"베이컨 에그, 베

이컨 에그!" 홰 위에서 암탉이 쫑알거렸다. "덫이다, 덫이다, 덫이다! 꼬끼오, 꼬끼오, 꼬끼오!" 잠이 깬 어린 수탉이 꾸짖었다. "장터에 가자! 장터에 가자! 지게티 지그!"[79] 알을 품고 싶은 하얀 암탉이 바로 옆에서 꼬꼬댁거렸다. 피글링 블랜드는 깜짝 놀라 동이 트자마자 떠나기로 결심했다. 어느새 피글링과 암탉들은 잠이 들었다.

한 시간이 채 못 되어 모두 잠에서 깼다. 농장 주인인 피터 토머스 파이퍼슨 씨가 아침에 장에 내다 팔 닭 여섯 마리를 잡으러 등불과 뚜껑 달린 바구니를 들고 들어왔기 때문이다.

그는 수탉 옆에서 쉬고 있던 흰 암탉을 붙잡고 나서 구석에 쪼그리고 있는 피글링 블랜드를 발견했다. 그는 "아하, 이런 놈이 있었네!" 하고는 피글링의 목덜

미를 움켜잡아 바구니 안에 떨어뜨렸다. 그러고는 지저분한 꼴로 발길질을 하며 꼬꼬댁거리는 암탉 다섯 마리를 차례로 피글링 위에 내던졌다.

암탉 여섯 마리와 아기 돼지가 든 바구니는 가볍지 않았다. 바구니는 흔들흔들 불안정하게 언덕을 내려갔다. 피글링은 온몸을 긁히면서 통행증과 박하사탕을 겨우 옷 안쪽에 숨겼다.

마침내 바구니가 부엌 바닥에 내려진 후 뚜껑이 열렸고, 피글링은 밖으로 들려 나왔다. 눈을 깜빡이며 위를 올려다보니 사납고 못생긴 영감이 싱글벙글 웃

고 있었다.

"요놈, 제발로 굴러 들어왔겠다." 파이퍼슨 씨는 피글링의 옷 주머니를 홀랑 뒤집었다. 바구니를 구석으로 밀치고 암탉들을 진정시키려고 자루를 바구니에 씌우고 나서 냄비를 불에 올리고 장화의 끈을 풀었다.

피글링 블랜드는 스툴을 끌어다 놓고 걸터앉아 요령껏 손을 말렸다. 파이퍼슨 씨는 장화를 한 짝 벗어서 부엌 맞은편 징두리판벽에 내던졌다. 어디선가 둔탁한 소리가 났다. "조용히 해!" 하고 파이퍼슨 씨가 말했다. 피글링 블랜드는 손을 말리며 그를 흘끔 보았다.

파이퍼슨 씨는 나머지 장화 한 짝도 벗어서 아까 던진 쪽으로 내던졌다. 다시 이상한 소리가 났다. "조용히 못 하겠어, 엉?" 하고 파이퍼슨 씨가 말했다. 피글링은 스툴 가장자리에 걸터앉았다.

파이퍼슨 씨는 궤짝에서 곡물 가루를 가져와 죽을 만들었다. 부엌 저편에서 무언가가 숨죽여 요리에

관심을 보이는 듯했지만, 피글링은 너무 배가 고파 그 소리에 신경 쓸 겨를이 없었다.

파이퍼슨 씨는 죽을 세 접시에 나누어 가득 담았다. 자기 것 하나, 피글링 것 하나, 그리고 한 접시 더…… 그는 피글링을 쏘아본 후 심하게 비척거리며 세 번째 죽을 어딘가로 가져가 안에 넣고 문을 잠갔다.

피글링 블랜드는 조심조심 저녁을 먹었다.

저녁을 먹은 후 파이퍼슨 씨는 연감을 찾아본 후 피글링의 갈비뼈를 만져 보았다. 베이컨을 만들기에는 너무 늦은 철이었다. 돼지에게 챙겨 준 저녁밥이 아까웠다. 게다가 이미 암탉들이 본 돼지였다.

그는 남은 작은 베이컨 조각을 쳐다보고는 갈등하는 눈빛으로 피글링을 보았다. "깔개 위에서 자든지." 하고 파이퍼슨 씨가 말했다.

피글링은 세상모르게 단잠을 잤다. 아침이 밝았을 때 파이퍼슨 씨는 죽을 더 만들었다. 어제보다 더 따뜻한 날이었다. 파이퍼슨 씨는 곡물 가루가 얼마나 남았는지 궤짝 안을 확인하더니 못마땅한 얼굴로 "너는 다른 데로 떠날 거지?" 하고 피글링 블랜드에게 물었다.

피글링이 뭐라 대답하려는데, 파이퍼슨 씨와 암탉들을 태우러 온 이웃 사람이 대문간에서 휘파람을 불었다. 파이퍼슨 씨는 서둘러 바구니를 들고 나가면서 피글링에게 자기가 나가면 문을 잠그고 아무것도 건드리지 말라고 했다. 안 그러면 "돌아와 네 껍질을 벗겨 버릴 거야!" 하고 말했다.

마차를 얻어 타면 장터에 시간 맞춰 도착할 수 있을지 몰라, 하는 생각이 피글링의 머릿속을 스쳤다.

하지만 파이퍼슨 씨를 믿을 수가 없었다.

피글링은 아침을 여유롭게 먹고 나서 오두막 안을 둘러보았다. 모든 것이 잠겨 있었다. 그는 부엌 뒤편 들통에서 감자 껍질을 발견해 조금 먹고는 들통 안에 있던 죽 그릇들을 씻었다. 피글링은 일하며 흥얼흥얼 노래

를 불렀다.

“톰은 힘차게 피리를 불었네,
여자애들과 남자애들을 불러 모았네……
모두들 피리 소리를 들으러 달려갔다네
‘언덕 너머 저 멀리!’를 들으러.”

별안간 둔탁한 작은 목소리가 들려왔다.

“언덕 너머 머나먼 곳에서,
내 머리카락은 바람에 휘날리리라!”

피글링 블랜드는 닦던 접시를 내려놓고 귀를 기울였다.

피글링은 한참을 꼼짝하지 않다가 까치발로 문 뒤로 가서는 부엌 앞쪽을 내다보았다. 아무도 없었다.

피글링은 다시 가만히 있다가 잠긴 찬장 문으로 가서 열쇠 구멍으로 킁킁 냄새를 맡았다. 잠잠했다.

피글링은 한참을 가만히 있다가 찬장 문 밑으로 박하사탕을 하나 밀어 넣었다. 사탕이 즉시 안쪽으로 쑥 빨려 들어갔다.

그날 종일 피글링은 남은 박하사탕 여섯 개를 모두 찬장 문 밑으로 넣었다.

파이퍼슨 씨가 집에 돌아왔을 때 그는 불가에 앉아 있는 피글링을 발견했다. 피글링은 난롯가를 깨끗이 쓸어 놓고, 냄비는 불에 올리면 되게끔 준비해 두었다. 곡물 가루는 꺼낼 수 없었다.

파이퍼슨 씨는 아주 살갑게 굴며 피글링의 등을 다독이고는 죽을 넉넉히 만들고 나서 깜빡하고 궤짝 문을 잠그지 않았다. 찬장 문도 잠갔지만 문은 완전히 잠기지 않았다. 그는 일찌감치 잠자리에 들면서 피글링에게 내일 12시까지는 무슨 일이 있어도 깨우지 말라고 당부했다.

피글링은 불가에 앉아서 저녁을 먹었다.

별안간 팔꿈치 부근에서 작은 목소리가 말했다. "내 이름은 피그위그(새끼 돼지)야. 죽 좀 더 만들어 줘,

부탁이야!" 피글링 블랜드는 화들짝 놀라 주변을 두리번거렸다.

사랑스럽기 그지없는 작고 검은 버크셔 돼지[80]가 웃는 얼굴로 옆에 서 있었다. 작은 눈은 당혹감으로 반짝거렸고, 이중 턱에 짧은 들창코였다.

피그위그는 피글링의 접시를 가리켰다. 피글링은 얼른 그것을 피그위그에게 주고 궤짝 쪽으로 쪼르르 갔다. "너는 어떻게 여기에 왔니?" 하고 피글링 블랜드가 물었다.

"나는 몰래 끌려왔어." 하고 피그위그는 입안에 죽을 한가득 넣으며 말했다. 피글링은 거리낌 없이 죽

을 만들어 먹었다. "왜?" "베이컨, 햄이 되려고." 하고 피그위그는 명랑하게 대답했다. "어째서 달아나지 않는 거야?" 하고 피글링이 겁에 질려 외쳤다.

"저녁 먹고 가려고." 하고 피그위그가 똑 부러지게 말했다.

피글링 블랜드는 죽을 더 만들고 나서 피그위그를 수줍게 바라보았다.

피그위그는 두 번째 접시

를 비우고 나서 일어나 떠나려는 것처럼 두리번거렸다.

"지금은 어두워서 못 가." 하고 피글링 블랜드가 말했다.

피그위그는 불안한 표정을 지어 보였다.

"낮에는 가는 길을 알고?"

"강 건너 언덕 위에서 작고 하얀 이 집이 보인다는 건 알아. 너는 어디로 갈 거야?"

"장터…… 내게는 돼지 통행증이 두 장 있어. 내가 너를 거기 다리까지 데려다줄 수 있어, 너만 싫지 않으면." 하고 피글링은 스툴 끝에 걸터앉아 심란한 마음으로 말했다. 피그위그는 이제 살았다는 듯 고마워하며 질문 세례를 퍼부어 피글링 블랜드를 당황하게 만들었다.

피글링은 눈을 감고 자는 척했고, 피그위그는 입을 다물었다. 박하사탕 냄새가 났다.

"다 먹은 줄 알았는데." 피글링이 갑자기 깨어나서 말했다.

“귀퉁이만 먹고 남겨 두었어.” 피그위그는 불가에서 흥미롭다는 듯 피글링의 눈치를 살피며 대답했다.

“먹지 않는 게 좋겠어, 집주인이 천장 위에서 냄새를 맡을지도 몰라.” 하고 놀란 피글링이 말했다.

피그위그는 끈적끈적한 박하사탕을 주머니 안에

도로 집어넣었다. "노래 불러 줘." 하고 피그위그가 요청했다.

"미안해…… 내가 이가 좀 아파서." 피글링은 꽤나 속상해하며 말했다.

"그러면 내가 부를게." 피그위그가 대답했다. "「이디 티디티」 어때? 가사를 조금 까먹기는 했지만."

피글링은 반대하지 않았다. 그저 눈을 반쯤 감고 피그위그를 바라보았다.

피그위그는 머리를 옴짝거리고 몸을 흔들고, 손뼉으로 박자를 맞춰 가며 귀엽고 작은 목소리로 노래를 불렀다.

"돼지우리에 재미있는 엄마 돼지와
아기 돼지 셋이 살았네.
(티 이디티 이디티) 흥흥흥!
아기 돼지 셋이 말했지, 꿀꿀꿀!"

피그위그는 서너 구절을 제대로 불렀다. 한 구절씩 부를 때마다 고개가 조금씩 아래로 처졌고, 반짝이는 작은 눈도 스르르 감겼다…….

"꼬마 돼지 세 마리는 비쩍 말라 갔네,
비쩍 마를 만도 했지,
흥흥흥 하고 말할 수 없어서!
꿀꿀꿀 하고 말할 수 없어서!
말할 수 없어서!"

피그위그는 점점 고개를 떨구다 털썩 쓰러져 난로 앞 양탄자 위에 몸을 동그랗게 말고 곤히 잠이 들었다.

피글링은 까치발로 살금살금 소파의 덮개를 가져다 피

그위그를 덮어 주었다.

피글링은 잠이 들까 두려워 밤새 앉아 귀뚜라미 우는 소리와 위쪽에서 나는 파이퍼슨 씨의 코 고는 소리를 들으며 밤을 꼬박 새웠다.

새벽빛이 어스름을 몰아내기 직전 첫새벽에 피글

링은 작은 짐 보따리를 싸고 나서 피그위그를 깨웠다. 피그위그는 신이 나면서도 겁을 냈다. "아직 어둡잖아! 길을 어떻게 찾지?"

"첫닭이 울었어. 암탉들이 밖으로 나오기 전에 출발해야 해. 그 소리에 파이퍼슨 씨가 깰지도 몰라."

피그위그는 다시 주저앉아 훌쩍훌쩍 울기 시작

했다.

"어서 가자, 피그위그. 어둠에 익숙해지면 길이 보일 거야. 얼른! 닭들이 꼬꼬댁거리는 소리가 들려!"

피글링은 암탉들에게 쉿! 하고 윽박지르는 성격도 못 되는 데다 그 바구니 생각이 났다.

피글링은 집 문을 살짝 열고 밖으로 나와 문을 닫았다. 정원은 없었다. 집 주변은 온통 닭들이 땅을 파헤친 자국투성이였다. 그들은 손을 잡고 울퉁불퉁한 벌판을 건너 그 길로 살금살금 빠져나갔다.

그들이 황무지를 가로지를 때, 태양이 떠오르며 눈부신 햇살을 언덕마루로 쏟아 냈다. 햇빛은 산비탈을 타고 슬금슬금 내려와 평화로운 초록빛 계곡으로 들어갔다. 계곡에는 작고 하얀 오두막들이 정원과 과수원 안에 자리 잡고 있었다.

"저기가 웨스트모얼랜드[81]야." 피그위그는 그렇게 말하고는 피글링의 손을 놓고 춤추고 노래하기 시작했다.

"톰, 톰, 피리 부는 사람의 아들, 돼지를 훔쳐 달아났네!
그가 부를 수 있는 노래는 '언덕 너머 저 멀리!'뿐이네."

“가자, 피그위그, 마을 사람들이 움직이기 전에 다리에 도착해야 해.” “너는 왜 장터에 가고 싶은 건데, 피글링?” 피그위그가 바로 물었다. “가고 싶어서 장터에 가는 건 아니야. 나는 감자를 키우고 싶어.” “박하사탕 먹을래?” 하고 피그위그가 물었다. 피글링 블랜드는 짜증을 내며 거절했다. “이빨이 아파서 그래?” 하고 피그위그가 물었다. 피글링 블랜드는 꿀꿀 구시렁거렸다.

피그위그는 박하사탕을 먹으며 길 반대편으로 따라왔다. “피그위그! 담 밑으로 가. 누가 쟁기질을 하고 있어.” 피그위그는 길을 건너왔고, 그들은 서둘러 마을 경계선을 향해 언덕을 내려갔다.

피글링은 갑자기 걸음을 멈추었다. 바퀴 소리를 들었기 때문이다.

길 아래편에서 행상 마차가 덜컹덜컹 느릿느릿 올라오고 있었다. 고삐들이 말 등에

서 펄럭거렸고, 장사꾼은 신문을 읽고 있었다.

"입에서 박하사탕 얼른 빼, 피그위그, 여차하면 달아나야 해. 한마디도 하지 마. 내게 맡겨. 다리까지 거의 다 왔어!" 가엾은 피글링은 울먹이며 말했다. 그러고 나서 피그위그의 팔을 붙잡고 심하게 다리를 절며

걷기 시작했다.

장사꾼은 신문을 읽느라 말이 주춤거리며 킁킁거리지 않았다면 그대로 지나갔을 것이다. 그는 마차를 길가에 세우고 채찍을 내렸다. "안녕! 너희들 어디 가니?" 피글링 블랜드는 그를 물끄러미 바라보았다.

"귀 먹었니? 장터에 가는 거야?" 피글링은 천천히 고개를 끄덕였다.

"그럴 줄 알았다. 장날은 어제였어. 통행증 보여 줄래?"

피글링은 말의 뒷발굽만 바라보았다. 편자에 돌멩이가 박혀 있었다.

장사꾼이 채찍을 휘둘렀다. "서류 없어? 돼지 통행증?" 피글링은 온 주머니를 전부 뒤져 서류를 건넸다. 장사꾼은 그것을 읽었지만 여전히 미심쩍은 듯 보였다. "이 꼬마는 암퇘지인데 이름이 알렉산더라고?"

피그위그는 입을 열었다가 도로 닫았다. 피글링은 발작하듯 기침을 했다.

장사꾼은 신문 광고란을 손가락으로 훑었다. "도난당했거나 길을 잃은 동물. 보상금 10실링." 그는 수상쩍은 듯 피그위그를 쳐다보았다. 그러고는 마차 안에서 일어서더니 쟁기질하는 사람에게 휘파람을 불었다.

"저 남자한테 물어보고 올 테니 여기서 기다려." 장사꾼은 그렇게 말하고는 고삐를 쥐었다. 그는 돼지들이 꾀돌이라는 것을 알고 있었지만 다리를 심하게 저는 돼지라 뛰지 못할 거라고 생각했다!

"아직 아니야, 피그위그, 저 사람 돌아볼 거야." 장사꾼은 정말 뒤를 돌아보았지만 두 돼지는 길 한가운데에서 꼼짝하지 않았다. 그는 고개를 돌려 자기 말의 뒤꿈치를 쳐다보았다. 말도 다리를 절었다. 그는 쟁기질하는 남자에게 도착한 뒤 한참 동안 말발굽에서 돌멩이를 빼냈다.

"지금이야, 피그위그, 지금!" 하고 피글링 블랜드가 말했다.

세상의 어떤 돼지도 이들처럼 빨리 달릴 수는 없었다! 그들은 꿀꿀대며 다리를 향해 길고 하얀 언덕을 맹렬히 달음질쳐 내려갔다. 작고 토실토실한 피그위그가 통통 펄쩍펄쩍 뛰어오를 때마다 패티코트가 펄럭이고 다가닥다가닥 발소리가 났다.

그들은 달리고, 달렸다. 언덕을 달려 내려가 자갈밭과 골풀 사이 평평한 잔디밭에 난 지름길을 가로질렀다.

그들은 강가에 도착해서 다리로 갔다…… 그리고 손을 잡고 다리를 건넜다. 언덕 너머 저 멀리에서 피그위그는 피글링과 함께 춤을 추었다!

애플리 대플리 동요

조그만 갈색 새앙쥐
　　애플리 대플리
누군가의 집 찬장으로
　　구경을 간다.

누군가의 찬장에는
　맛난 것들이 한가득
케이크, 치즈, 잼, 비스킷
　새앙쥐에게는 탐나는 것뿐이네!

애플리 대플리
　눈은 작지만 눈치는 빨라
애플리 대플리
　파이를 참 좋아해!

누가 코튼테일네 문을
　두드리고 있을까?
똑똑 똑똑똑! 똑똑 똑똑똑!
　전에도 들었던 소리 아닌가?

코튼테일은 내다봤지만
　아무도 없었지,
대신 계단에 선물로
　당근이 놓여 있었네.

들어 봐! 내 귀에 또 들려!
　　똑똑 똑똑똑!
　　똑똑 똑똑똑!
아하, 내 생각에 이건
　　꼬맹이 검은 토끼야!

가시 핀 피클핀 아저씨는
　가시 핀을 꽂아 둘
　바늘방석이 없었지,
까만 코에
　잿빛 수염,

길 건너 물푸레 그루에는
　피클핀 아저씨가 산다지.

신발 속에서 살았다는
　　아줌마를 아나요?
아이들이 너무 많아
　　어쩔 줄 몰랐다는?

작은 신발 집에 살았다면
　그렇게 작은 아줌마라면
새앙쥐가 아니고
　뭐겠어요!

디고리 디고리
델벳!
검은 벨벳 옷을 입은
　　꼬마 아저씨.
땅을 파네 뒤엎네.
저기 보이는
　　두둑은
디고리 델벳이
　　파 놓은 거라네.

그레이비 감자 찜을
　예쁜 갈색 냄비에 담아
오븐에 넣었다가
　보글보글 끓을 때 상에 올려 보자!

명랑한 기니피그가
있었네.
뒤로 빗어 넘긴 머리가
법률가의 가발 같았지.

하늘처럼 파란
예쁜 타이를 매고

수염도 단추도
아주아주 컸다네.

도시 쥐 조니 이야기

도시 쥐 조니는 찬장에서 태어났다.

티미 윌리는 정원에서 태어났다. 시골 쥐 티미 윌리는 우연히 버들상자에 실려 도시로 가게 되었다. 티미가 사는 정원의 주인은 일주일에 한 번 채소를 큰 버들상자에 담아 배달꾼을 통해 도시로 보냈다.

정원 주인은 배달꾼이 지나가다 가져가도록 버들상자를 정원 문 옆에 놓아두었다. 티미 윌리는 구멍을 통해 그 버들상자 안으로 기어 들어가 완두콩을 몇 개 먹고는 잠이 쿨쿨 들었다.

버들상자가 배달꾼의 손에 들려 짐마차에 실릴

때 티미는 깜짝 놀라 잠에서 깼다. 덜커덩덜커덩 버들 상자가 흔들리고 따가닥따가닥 말굽 소리가 났다.

다른 꾸러미들이 마차 안으로 쿵쿵 던져졌다. 한참을 다시 덜커덩, 덜커덩, 덜커덩! 티미 윌리는 뒤섞인 채소들 틈에서 오들오들 떨었다.

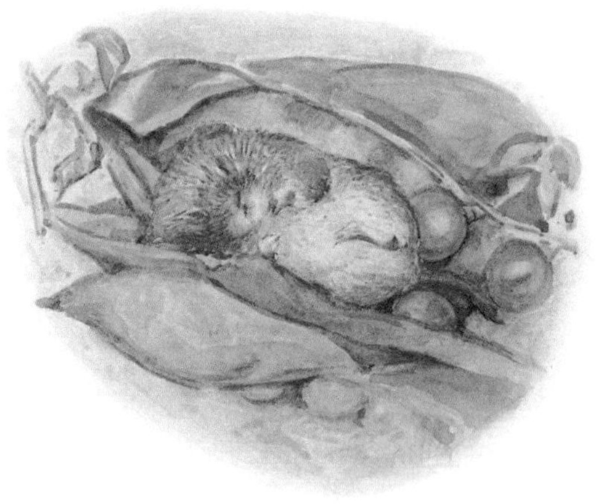

마침내 짐마차는 어느 집 앞에 멈춰 섰고, 티미의 버들상자는 밖으로 들려 집 안으로 들어간 뒤 바닥에 내려졌다. 요리사는 배달꾼에게 6펜스를 주었고, 뒷문

이 쾅 닫혔다. 마차는 떠나갔지만 주변의 소음은 도무지 잦아들 줄 몰랐다. 짐마차가 수백 대 지나다니는 것 같았다. 개들은 짖어 댔고, 남자애들은 거리에서 휘파람을 불었고, 요리사는 웃어 젖혔고, 식사 시중을 드는 하녀는 층계를 뛰어 오르내렸고, 카나리아는 증기 엔진처럼 고래고래 노래를 불렀다.

평생 정원에서 산 티미 윌리는 너무 무서워 죽을 것만 같았다. 얼마 후 요리사는 버들상자를 열고 채소들을 꺼내기 시작했다. 티미 윌리는 덜컥 겁이 나 밖으로 뛰쳐나갔다.

요리사는 의자 위로 펄쩍 뛰어올라 소리쳤다. "생쥐! 생쥐! 고양이를 데려와! 부지깽이를 가져와, 새러!" 티미 윌리는 새러가 부지깽이를 가져올까 봐 얼른 굽도리널을 따라 달음질치다 작은 구멍을 발견하고 안으로 뛰어들었다.

티미는 1센티미터 남짓 아래 생쥐들의 저녁 식탁 가운데로 떨어졌고, 그 와중에 유리 식기 세 개가 깨졌다.

“이게 무슨 난리야?” 하고 도시 쥐 조니가 물었다. 하지만 그는 처음에만 놀라고는 곧 품위를 되찾았다.

조니는 최대한 정중하게 티미 윌리를 다른 아홉 생쥐에게 소개했다. 모두 꼬리가 길었고 하얀 넥타이 차림이었다. 티미 윌리의 꼬리는 볼품없었다. 도시 쥐 조니와 그의 친구들은 그것을 의식하면서도 예절 교육을 받은 터라 티를 내지는 않았다. 한 친구만 티미 윌리에게 혹시 쥐덫에 걸린 적이 있느냐고 물었을 뿐이다.

저녁 식사로 여덟 가지 요리가 나왔다. 푸짐하지는 않았지만 대단히 우아했다. 하나같이 모르는 요리뿐이라 티미 윌리는 맛을 보기가 조금 겁났다. 배가 몹시 고팠지만 식탁 예절에 맞게 행동하려 애썼다.

위층에서 끊임없이 들리는 요란한 소리에 티미는 불안한 나머지 접시를 떨어뜨렸다. “걱정 마, 우리랑 상관없으니까.” 하고 조니가 말했다.

“이제 그만 애들 시켜서 후식을 가져올까?”

식사 시중을 드는 어린 생쥐 둘이 왜 요리가 나오는 사이사이 위층 부엌으로 허겁지겁 올라가는지 알 만했다. 그들이 데굴데굴 굴러 들어와 찍찍거리며 웃

음을 터뜨린 적이 서너 번 있었다. 티미 윌리는 그들이 고양이에게 쫓겨 들어왔음을 눈치채고 경악했다. 입맛이 뚝 떨어지고 현기증이 났다. "젤리 좀 먹어 볼래?" 도시 쥐 조니가 말했다.

"싫어? 그러면 그만 잠자리에 들겠니? 내가 아주 포근한 소파 베개로 안내하지."

그 소파 베개에는 구멍이 나 있었다. 도시 쥐 조니는 그 부위가 가장 좋은 잠자리라며 특별히 손님을 위해 비워 둔다고 말했다. 하지만 그 소파에서는 고양이 냄새가 났다. 티미 윌리는 차라리 난로 망 밑에서 새우

잠을 자고 싶었다.

이튿날도 마찬가지였다. 화려한 아침상이 차려졌다. 그곳 생쥐들은 베이컨을 주식으로 먹었기 때문이다. 하지만 티미 윌리는 뿌리채소와 샐러드를 먹고 자랐다. 도시 쥐 조니와 그의 친구들은 마루 밑에서 활개를 치다 저녁에는 대담하게 집 안을 돌아다녔다. 한

번은 새러가 차 쟁반을 들고 계단 아래로 구르면서 천둥 같은 소리가 나기도 했다. 그 바람에 고양이가 있는데도 빵 부스러기며 설탕과 잼 찌꺼기를 모아 올 수 있었다.

티미 윌리는 집에 가고 싶었다. 햇볕이 잘 드는 두둑 안 그의 평화로운 보금자리가 그리웠다. 이곳은 음

식도 입맛에 맞지 않았고 소음 때문에 잠도 제대로 잘 수 없었다. 며칠 후 티미는 눈에 띌 정도로 비쩍 말랐고, 도시 쥐 조니는 티미에게 이유를 물었다. 티미 윌리의 이야기를 듣고 난 조니는 그 정원에 대해 물었다.

"좀 따분한 곳 같은데? 비가 오면 뭐 해?"

"비가 오면 작은 모래 굴속에 앉아 가을 곳간에서

가져온 옥수수와 씨앗을 까 먹어. 그러다 잔디밭의 개똥지빠귀와 찌르레기를 내다보고는 하지. 내 친구 콕 로빈[82]도 보고. 해가 다시 날 때 내 정원과 꽃들은 혼자 보기 아까워.(장미꽃, 패랭이꽃, 팬지꽃) 새소리, 벌 소리, 초원의 양 떼 소리가 나지만 시끄럽지는 않아."

"저기 고양이 온다!" 하고 도시 쥐 조니가 소리쳤

다. 함께 석탄 창고에 숨으면서 조니는 말을 이어 갔다. “사실 나는 좀 실망했어. 우리는 성의껏 너를 대접해 주었는데 말이야, 티모시 윌리엄.”

“아, 그럼, 그럼, 친절하고말고. 하지만 나는 정말 몸이 아파.” 하고 티미 윌리가 말했다.

“네 이빨과 위장이 우리 음식에 적응을 못 하나 봐. 너는 버들상자 안으로 다시 들어가는 게 좋겠어.”

“그래? 그렇구나!” 하고 티미 윌리가 외쳤다.

“이럴 줄 알았으면 지난주에 돌려보내는 건데.” 조니가 토라진 투로 말했다. “버들상자가 일요일마다 돌아가는 걸 몰랐단 말이야?”

그렇게 해서 티미 윌리는 새 친구들에게 작별 인사를 하고 나서 케이크 부스러기와 시든 양배추 잎을 챙겨 버들상자 안에 숨었다. 그러고는 한참을 덜컹거린 후 원래 살던 정원에 무사히 내려졌다.

토요일이면 티미는 가끔 문 옆에 놓인 버들상자로 가서 그것을 쳐다보고는 했지만, 다시는 안으로 들

어가지 않았다. 도시 쥐 조니가 놀러 오겠다고 약속했지만 버들상자 안에서는 아무도 나오지 않았다.

겨울이 지나가고 태양이 다시 나왔다. 티미 윌리는 굴 옆에 앉아 작은 털외투를 말리며 제비꽃과 봄풀 내음을 맡았다.

티미가 도시에 간 일을 거의 잊었을 무렵 어느 날, 모랫길에 갈색 가죽 가방을 든 아주 말끔한 도시 쥐 조니가 나타났다!

티미 윌리는 양팔을 활짝 벌려 조니를 맞이했다. "연중 가장 좋을 때 찾아왔구나. 같이 허브 푸딩을 먹으면서 햇볕 아래 앉아 있자."

"흠! 여기는 좀 축축하네." 도시 쥐 조니는 꼬리를

진창에서 꺼내 겨드랑이께에 들고 말했다.

"저 소름 끼치는 소리는 뭐야?" 조니는 화들짝 놀랐다.

"저거?" 티미 윌리가 말했다. "저건 그냥 암소야. 내가 가서 우유를 좀 얻어 올게. 암소들은 해코지 안 해. 깔릴 위험은 있지만. 그곳 친구들은 어찌 지내?"

조니는 그들이 그럭저럭 지낸다고 했다. 그러고

는 이른 봄에 찾아온 이유를 설명했다. 그 집 사람들은 바닷가로 부활절 휴가를 떠났고, 그동안 요리사가 봄맞이 대청소에 나섰다고 했다. 생쥐들을 내쫓으라는 특별 지시에 따라 일꾼들 방을 샅샅이 뒤지고 있다고. 그 집에는 새끼 고양이 넷이 있는데 고양이가 카나리아를 죽였다고 했다.

"우리 짓이라고 하는데 헛소리야." 하고 도시 쥐 조니가 말했다. "그런데 저 괴상한 소리는 뭐야?"

"저건 잔디 깎는 기계야. 가서 깎인 풀을 가져다 네 침대를 만들어야겠다. 네게도 여기 시골이 살기에 더 좋을 거야, 조니."

"흠…… 화요일까지 생각해 볼게. 사람들이 바닷

가에 가 있는 동안에는 버들상자가 오가지 않으니까."

"이제 너도 도시에서는 살고 싶지 않을 거야." 하고 티미 윌리가 말했다.

하지만 조니는 도시에서 살고 싶어 했다. 그는 다음번 채소 버들상자가 떠날 때 도시로 돌아갔다. 시골은 너무 조용하다나!

이 사람에게는 이곳이 맞고, 저 사람에게는 저곳이 맞다. 내 경우에는 티미 윌리처럼 시골에서 사는 것이 더 좋지만.

세실리 파슬리 동요

헛간에 사는 세실시 파슬리는
　신사들이 좋아하는 맥주를 빚었네.

날마다 찾아오는 신사들 등쌀에
　세실리 파슬리는 그만 달아났다네.

거위야, 거위야, 수거위야,
어디로 가야 한단 말이니?
위층에 가 봐요, 아래층에 가 봐요,
안주인의 방에도!

이 돼지는 시장에 갔네.

이 돼지는 집에 남아 있었네.

이 돼지는 고기를 먹었네.

이 돼지는 고기가 없었네.

이 아기 돼지는 엉엉 울었지.
　꿀꿀! 꿀꿀! 꿀꿀!
집에 가는 길을 모르겠다고.[83]

불가에 앉은 저 야옹이
　어쩌면 저리 귀여울까?
강아지가 들어와 말하기를
　"야옹아! 집에 있니?

안녕 안녕, 야옹 아가씨?
    야옹 아가씨, 안녕 안녕?”
“고마워, 친절한 강아지야,
    나도 너처럼 안녕하단다!”

눈먼 생쥐 세 마리, 눈먼 생쥐 세 마리,
　　달리는 모양 좀 보라지!
생쥐들이 농부 아낙을 졸졸 따르니
　　아낙이 부엌칼로 꼬리를 잘라 버렸네
어쩌면 이런 일이 다 있을까
　　눈먼 생쥐 세 마리라니!

왈왈, 왈왈, 왈왈!
　너는 누구네 개니?
"나는 톰 틴커네 강아지야,
　왈왈, 왈왈, 왈왈!"

우리에게는 작은 정원이 있지
　　우리 집 정원이라네
우리는 날마다 물을 주네
　　손수 거기 심은 씨앗들에게.

작은 정원이 좋아
　온 정성을 다해
　　　가꾸네
시든 이파리 하나
　병든 꽃잎 하나 없도록.

어리바리
　내니 네티코트,
하얀 페티코트와
　빨간 코의 너는
어째서 갈수록 점점
　몽땅해지느냐.

꼬마 돼지 로빈슨 이야기

1

나는 어릴 적에 휴일이면 바닷가를 찾고는 했다. 우리 가족은 부두와 고깃배들, 어부들이 있는 작은 마을에서 묵고는 했는데, 거기 사람들은 바다로 나가 그물로 청어를 잡았다. 돌아온 고깃배 중 청어를 조금만 잡은 배는 일부에 불과했고, 대부분은 잡은 고기를 부두 위로 다 올리지도 못할 만큼 만선이었다. 고깃배가 들어오면 마차들은 얕은 물가로 나와 고기가 가득한 배들을 맞이했다. 생선은 삽으로 떠 뱃전 너머 마차로 옮긴 후 기차역으로 이동했는데, 기차역에는 생선 전용 화물열차가 대기하고 있었다.

고깃배들이 청어를 가득 싣고 돌아올 때면 마을에 활기가 넘쳤다. 마을 사람들 중 절반은 부둣가로 달려 내려왔고, 그 행렬에는 고양이들도 끼어 있었다.

하얀 고양이 수전도 꼬박꼬박 고깃배를 마중 나갔다. 수전은 샘이라는 늙은 어부의 아내 벳시가 기르는 암고양이였다. 벳시 할멈은 류머티즘을 앓았고, 가족이라고는 샘 영감 외에 수전과 암탉 다섯 마리뿐이었다. 벳시 할멈은 불가에 앉아 있다가 석탄을 퍼 넣거나 냄비 속을 휘저을 때마다 허리가 아파서 "끙! 끙!" 하고 앓는 소리를 냈다. 수전은 할멈 맞은편에 앉아 있었는데, 할멈이 안쓰러워서 대신 석탄을 퍼 넣고 냄비를 저어 줄 수 있다면 얼마나 좋을까 안타까워했다. 샘 영감이 고기를 잡으러 나간 동안 그들은 종일 불가에 앉아 차와 우유를 마시며 지냈다.

"수전." 벳시 할멈이 말했다. "나는 일어나기가 힘드니 네가 앞문에 가서 영감의 배가 들어오나 보고 오렴."

수전은 밖에 나갔다가 돌아왔다. 그렇게 정원에 나갔다 들어오기를 서너 번 반복하고 나서, 오후 느지막이 수전은 저 멀리 바다에서 무리 지어 다가오는 고깃배들의 돛을 보았다.

“부둣가로 내려가 할아버지한테 청어 여섯 마리만 얻어 와. 그걸 요리해 저녁상에 올려야겠다. 내 바구니를 가져가거라, 수전.”

수전은 바구니를 들었다. 그리고 벳시 할멈의 보닛과 작은 체크무늬 숄도 빌렸다. 나는 수전이 서둘러 부둣가로 내려가는 것을 보았다.

다른 고양이들도 오두막에서 나와 부두로 이어지는 가파른 길을 달음질쳐 내려갔다. 오리들도 마찬가지였다. 윗머리가 빵모자처럼 생긴 특이한 오리들로 기억한다. 너도나도 서둘러 고깃배를 맞이하러 갔다. 거의 모든 이들이 고깃배를 마중하러 갈 때 나는 스텀피라는 개와 마주쳤다. 스텀피는 종이 꾸러미를 입에 물고 반대 방향으로 가던 중이었다.

몇몇 개들은 생선을 좋아하지 않았다. 스텀피는 본인과 보브, 퍼시, 로즈 양이 먹을 양갈비를 사러 푸줏간에 다녀오는 길이었다. 몸집이 크고 진중하며 점잖고 꼬리가 짧은 갈색 수캐인 스텀피는 리트리버 보브와 고양이 퍼시, 집 주인 로즈 양과 함께 살았다. 스텀피는 한때 한 노신사와 함께 산 적이 있었다. 엄청난 부자였던 노신사는 죽으면서 상당한 돈을 스텀피에게 남겼고, 그 덕분에 스텀피는 죽을 때까지 매주 10실링을 받고 있었다. 그래서 스텀피와 보브와 고양이 퍼시는 다 같이 작고 예쁜 집에서 함께 살았다.

수전은 바구니를 들고 가다 브로드 대로 모퉁이에서 스텀피와 마주쳤다. 수전은 예를 갖추었다. 바삐 고깃배를 마중하러 가는 길이 아니었다면 걸음을 멈추고 퍼시의 안부를 물었을 것이다. 퍼시는 우유 마차에 발을 깔려 다친 이후 다리를 절었다.

스텀피는 곁눈질로 수전을 보며 꼬리를 흔들었지만 걸음을 멈추지는 않았다. 양갈비를 싼 꾸러미를 떨어뜨릴까 봐 고개를 숙이지도, "안녕하세요."라고 인사도 할 수 없었다. 그는 서둘러 브로드 대로를 빠져나와 그가 사는 우드바인 거리로 접어들었고, 앞문을 밀어 열고 집 안으로 사라졌다. 얼마 후 요리하는 냄새가 난 것으로 보아 스텀피와 보브와 로즈 양은 양갈비를 맛있게 먹었을 것이다.

그날 저녁 식사 자리에 퍼시의 모습은 보이지 않았다. 그는 몰래 창문으로 빠져나가 마을의 여느 고양이처럼 고깃배를 맞이하러 갔기 때문이다.

수전은 부지런히 브로드 대로를 따라 걷다가 부

두로 가는 지름길인 가파른 계단을 내려갔다. 반면 오리들은 현명하게 돌아가는 바닷가 길을 택했다. 계단길은 워낙 가파르고 미끄러워 고양이만큼 보행이 안정적이지 못하면 지나가기 어려운 길이었다.

수전은 빠르고 능숙하게 계단을 내려갔다. 높다란 집들 뒤편 사이로 칙칙하고 끈적한 마흔세 개의 계단들이 죽 이어졌다.

계단 아래쪽에서 밧줄과 방수제 냄새가 올라왔고 시끄러운 소리가 들려왔다. 계단 끝은 곧장 부둣가와 선착장으로 이어졌고, 바로 옆은 내항(內港)이었다.

마침 썰물이라 바닷물이 없어서 배들이 갯벌에 세워져 있었다. 몇 척은 부두 옆에 묶여 있었고, 다른 배들은 방파제 안쪽에 닻을 내린 채 정박해 있었다. 계단 근처에 있는 선더랜드[84]의 '마저리 도우'[85] 호와 칼디프[86]의 '제니 존스' 호에서 석탄이 하역되는 중이었다. 남자들이 석탄이 가득한 수레를 들고 뛰어다녔고, 석탄 기중기가 뭍으로 이동해 와당탕 와르르 요란하게 석탄을 쏟아 냈다.

부두 저편에는 또 다른 배 '파운드 오브 캔들스' 호가 여러 화물을 싣는 중이었다. 화물과 대형 술통, 포장된 상자와 나무통 등 각종 물건들이 화물칸 안으로 들어갔다. 선원들과 부두 일꾼들이 고함을 쳤고, 쇠사슬이 덜컹거리고 짤그랑거렸다. 수전은 소란한 군중 속을 지나가려 기회를 엿보았다. 사과주 통 하나가 공중에 까딱까딱 매달려 부두에서 '파운드 오브 캔들스' 호의 갑판으로 이동했다. 노란 고양이 한 마리가 삭구 안에 앉아 그 사과주 통을 지켜보았다.

도르래에 매달린 밧줄이 움직이며 술통이 까딱까딱 갑판 위에 착지했다. 선원 하나가 그것을 기다리고 있다가 말했다.

"조심해! 머리 조심하라고, 꼬마야! 저리 비켜!"

"꿀, 꿀, 꿀!" 분홍색 꼬마 돼지가 꿀꿀거리며 '파운드 오브 캔들스' 호 갑판 위를 뛰어다녔다.

삭구 안 노란 고양이는 분홍색 꼬마 돼지를 지켜보다 부두에 서 있는 수전을 보고 찡긋 윙크를 했다.

수전은 갑판 위에 돼지가 있는 것을 보고 놀랐지

만 갈 길이 바빴다. 그래서 부두를 따라 석탄 더미와 기중기들, 손수레를 미는 남자들, 소음과 냄새 사이를 뚫고 나아갔다. 수전은 생선을 경매하는 곳과 생선 상자들, 생선을 선별하는 사람들, 통에 청어와 소금을 채우는 여자들을 지나갔다.

갈매기들이 와락 내려오고 악악거렸다. 수많은 생선 상자와 무수한 생선들이 작은 증기선 화물칸에

실렸다. 수전은 무사히 군중을 벗어나 외항의 해변으로 난 한결 짧은 계단을 내려갔다. 오리들이 뒤뚱뒤뚱 꽥꽥거리며 수전의 뒤를 바짝 쫓았다. 마지막 청어잡이 고깃배인 샘 영감의 '벳시 티민스' 호가 만선으로 방파제를 지나 안으로 들어왔다. 그리고 뭉툭한 뱃머리를 앞세우며 조약돌이 깔린 물가로 배를 몰았다.

샘 영감은 고기를 많이 잡은 터라 한껏 흥이 올라

있었다. 샘 영감과 항해사와 청년 둘은 잡은 고기를 마차에 옮겨 담기 시작했다. 썰물이 심해 고깃배가 부두까지 떠갈 수 없었기 때문이다. 고깃배에는 청어가 가득했다.

샘 영감은 고기를 많이 잡을 때나 못 잡을 때나 수전에게 꼭 청어를 한 움큼 던져 주곤 했다.

"두 할멈의 따끈한 저녁거리 여기 있다! 잘 잡아라, 수전! 솔직히 말하마! 이 부러진 고기는 네가 먹어! 나머지는 벳시 할멈에게 가져다주고."

오리들은 첨벙거리며 물고기를 삼켰고, 갈매기들은 악악거리며 와락 내려왔다. 수전은 청어 바구니를 들고 계단을 올라 뒷골목을 걸어 집으로 갔다.

벳시 할멈은 본인과 수전이 먹을 청어 두 마리와 샘 영감이 들어오면 먹을 청어 두 마리를 요리했다. 그러고는 류머티즘을 달래 보려 뜨거운 물을 넣은 통을 플란넬 페티코트에 싸서 침대에 들었다.

샘 영감은 저녁을 먹고 나서 불가에서 파이프 담배를 피우다 잠자리에 들었다. 하지만 수전은 오랫동안 불가에 앉아 생각에 잠겼다. 이런저런 생각들이 떠올랐다. 생선과 오리들, 발을 저는 퍼시, 양갈비를 먹는 개들, 그리고 배 위에 있던 노란 고양이와 돼지. 수전은 '파운드 오브 캔들스'라는 배 위에서 돼지를 보다니 신기한 일이라고 생각했다. 찬장 문 밑으로 생쥐가 빠끔히 밖을 내다보았다. 잉걸불이 난로 바닥으로 부서져 내렸다. 수전은 그대로 잠이 들어 가르랑거리며 물고기와 돼지꿈을 꾸었다. 배 위에 돼지라니 도무지 이해가 가지 않았다. 하지만 나는 그 돼지의 사연을 알고 있다!

2

아름다운 연두색 배에 탄 올빼미와 고양이에 대한 노래[87]를 기억하는지? 그들은 어떻게 5파운드 지폐에 꿀과 많은 돈을 싸서 가져갈 수 있었을까?

그들은 배를 타고 1년 하고도 하루를 항해하다
봉 나무가 자라는 땅에 이르렀네……

거기 숲에 새끼 돼지 한 마리가 있었는데
돼지의 코에, 코끝에 고리가 걸려 있었네,
돼지의 코끝에 고리가 걸려 있었네.

이제부터 그 돼지 이야기를 해 볼까 한다. 녀석이 어쩌다 봉 나무가 자라는 땅에 살게 되었는지.

그 돼지는 어릴 때 데번셔[88]에서 도카스 이모랑 포카스 이모와 함께 포콤 돼지 농장에서 살았다. 데번셔의 가파르고 붉은 오솔길 꼭대기에 과수원이 있었고, 그 과수원 안에 그들의 아늑한 초가집이 자리하고 있었다.

토양은 붉었고, 풀은 초록빛이었다. 저 멀리 아래쪽으로 붉은 절벽과 청명한 하늘이 조금 보였다. 하얀 돛을 단 배들이 바다 건너 스타이마우스 항구로 들어갔다.

이제껏 여러 번 말했지만, 데번셔의 농장들은 이름이 참 괴상하다. 포콤 돼지 농장을 둘러본 사람이라면 그곳 주민들도 참으로 별나다 생각할 것이다! 뚱뚱한 점박이 돼지 도카스 이모는 닭을 길렀고, 덩치가 크고 잘 웃는 검은 돼지 포카스 이모는 세탁부였다. 이들에 대해서는 별로 할 이야기가 없다. 윤택하고 평탄한 삶을 살다 베이컨으로 생을 마감했기 때문이다. 하지만 조카 로빈슨은 돼지치고는 대단히 특별한 모험을 했다.

꼬마 돼지 로빈슨은 매력적인 친구였다. 분홍빛이 도는 하얀 몸에 작고 파란 눈과 통통한 뺨에 이중 턱이

었고, 들창코에는 진짜 은고리를 끼고 있었다. 로빈슨은 한 눈을 감고 곁눈질해서 그 고리를 볼 수 있었다.

로빈슨은 늘 만족했고 마냥 행복했다. 종일 농장을 뛰어다니며 노래를 흥얼거리고 "꿀, 꿀, 꿀!" 하고 중얼거렸다. 로빈슨이 떠난 후 이모들은 로빈슨이 흥얼거리던 노래를 그리워할 정도였다.

누군가 말을 걸면, 로빈슨은 "꿀? 꿀? 꿀?" 하고 대답했다. "꿀? 꿀? 꿀?" 하면서 고개를 갸웃하고 한 눈은 치켜뜬 채 말을 들었다.

이모들은 로빈슨을 먹이고 다독거리고 한시도 가만두지 않았다.

"로빈슨! 로빈슨!" 도카스 이모가 불렀다. "냉큼 오너라! 암탉 한 마리가 꼬꼬댁거리잖니. 가서 달걀을 가져오렴, 깨뜨리지 말고!"

"꿀, 꿀, 꿀!" 하고 로빈슨은 작은 프랑스인처럼 대답했다.

"로빈슨! 로빈슨! 빨래집게를 떨어뜨렸어. 와서 좀 집어 줄래!" 포카스 이모가 빨래를 너는 풀밭에서 소리쳤다.(포카스 이모는 너무 뚱뚱해서 몸을 숙이고 뭔가를 주울 수 없었다.)

“꿀, 꿀, 꿀!” 하고 로빈슨은 대답했다.

이모들은 아주아주 뚱뚱했다. 그런데 스타이마우스 인근의 울타리 출입구는 비좁았다. 포콤 돼지 농장의 오솔길은 여러 들판을 가로질렀다. 짧은 풀밭과 데이지 사이로 난 붉은 흙길이었다. 그 오솔길을 따라 이 들판에서 저 들판으로 넘어갈 때마다 산울타리에 어김없이 출입구가 나 있었다.

“내가 너무 뚱뚱해서가 아니야, 출입구가 너무 비좁은 거지.” 도카스 이모는 포카스 이모에게 말했다. “내가 집에 있을 테니 네가 좀 다녀올래?”

“나도 통과 못 해. 2년 전부터 이미 못 했어.” 포카스 이모가 대꾸했다. “약 올라, 배달꾼 때문에 약 올라 죽겠어. 하필 장날 전날에 당나귀 마차가 뒤집어지다니. 게다가 달걀 열두 개에 겨우 2실링 2펜스라니! 들판을 가로지르지 않고 길을 따라 돌아가면 얼마나 걸릴까?”

"도착하는 데에만 6.5킬로미터야." 포카스 이모는 한숨을 쉬었다. "비누가 다 떨어졌어. 어떻게 장을 보지? 당나귀 말로는 마차를 고치는 데 일주일이나 걸린대."

"혹시 저녁 안 먹으면 너 출입구를 통과할 수 있지 않을까?"

"아니, 안 돼. 꽉 낄걸. 너도 마찬가지이고." 포카스 이모가 말했다.

"이러면 어떨까……." 하고 도카스 이모가 말을 꺼냈다.

"오솔길로 로빈슨을 스타이마우스까지 보내자고?" 포카스 이모가 말을 마저 마쳤다.

"꿀, 꿀, 꿀!" 하고 로빈슨이 대답했다.

"로빈슨이 아무리 몸집에 비해 영리하다 해도 녀석을 혼자 보내는 건 내키지 않아."

"꿀, 꿀, 꿀!" 하고 로빈슨이 대답했다.

"하지만 다른 방법이 없잖아." 하고 도카스 이모가 말했다.

그래서 로빈슨은 마지막 비누 조각을 넣은 목욕통에 강제로 들어가 솔로 박박 닦이고 물기마저 닦인 후 새 핀처럼 반짝거리게 광을 냈다. 그 후에는 작고 파란 면 프록코트와 주름 반바지까지 차려입은 후 커다란 장바구니를 들고 스타이마우스에 가서 장을 보고 오라는 지시를 받았다.

바구니 안에는 열두 개씩 든 달걀 꾸러미 두 개, 수선화 한 다발, 봄 꽃양배추 두 포기, 로빈슨이 먹을 잼 바른 샌드위치가 들어 있었다. 로빈슨은 달걀과 꽃과 채소를 장터에서 판 다음 이것저것 사서 돌아와야 했다.

"스타이마우스에서는 몸조심하렴, 조카야. 화약이랑 배 요리사, 가구 운반차, 소시지, 신발, 배, 봉랍 조심해. 표백제, 비누, 수선용 털실 사오는 것 잊지 말고. 또 뭐가 있었지?" 하고 도카스 이모가 말했다.

"수선용 털실, 비누, 표백제, 이스트…… 또 뭐가 있었지?" 하고 포카스 이모가 물었다.

"꿀, 꿀, 꿀!" 하고 로빈슨이 대답했다.

"표백제, 비누, 이스트, 수선용 털실, 양배추 씨앗…… 다섯 개밖에 안 되잖아. 여섯 개여야 하는데. 네 가지에 두 가지가 더 있었어, 로빈슨의 손수건 네 귀퉁이를 묶고 나서도 두 번이 모자랐거든. 그러니 살 게 여섯 개가 맞아……."

"알았다!" 포카스 이모가 말했다. "찻잎…… 찻잎, 표백제, 비누, 수선용 털실, 이스트, 양배추 씨앗. 멈비 영감네 가게에서 대부분 살 수 있을 거야. 배달꾼 이야기를 해드려, 로빈슨. 다음 주에 세탁물과 더 많은 채소를 배달하겠다고 전하고."

"꿀, 꿀, 꿀!" 로빈슨은 대답하며 커다란 바구니를 들고 길을 떠났다.

도카스 이모와 포카스 이모는 포치에 서서 로빈슨이 무사히 들판을 내려가 수많은 출입구 중 첫 번째를 통과해 사라지는 모습을 바라보았다. 그러고는 집안일로 돌아가 서로에게 툴툴거리며 투닥거렸다. 로빈슨이 마음에 걸렸기 때문이다.

"보내지 말걸 그랬어. 너랑 그 성가신 표백제 때

문이야!" 하고 도카스 이모가 말했다.

"표백제 때문 좋아하네! 네 수선용 털실과 달걀 때문이잖아!" 포카스 이모가 투덜거렸다. "배달꾼과

당나귀 마차가 문제야! 장날이 코앞인데 왜 배수로 하나 못 피했대?"

3

스타이마우스로 가는 길은 들판을 가로질러도 무척이나 길었다. 하지만 내내 내리막길이어서 로빈슨은 즐겁기만 했다. 화창한 아침이라 기분이 좋아 노래가 나오고 킥킥 웃음도 났다. "꿀, 꿀, 꿀!" 머리 위 저 높은 곳에서 종달새도 지저귀었다.

그리고 더 높은 곳, 파란 하늘 위 까마득한 곳에서 거대한 흰 갈매기들이 큰 원을 그리며 날아다녔다. 갈매기의 걸걸한 울음소리는 저 높은 곳에서 내려오는 동안 순화되어 땅에 도달했다. 당당한 떼까마귀와 활발한 갈까마귀가 목초지의 데이지와 미나리아재비 사이를 활보했다. 양들이 뛰어다니며 매애매애 울었고, 고개를 돌려 로빈슨을 쳐다보았다.

"스타이마우스에 가면 몸조심해, 꼬마 돼지야." 하고 한 어미 양이 말했다.

로빈슨은 숨이 가쁘고 열이 오를 때까지 계속 걸었다. 넓은 들판 다섯 곳을 가로지르고 출입구를 수없이 통과했다. 계단이 있는 출입구, 사다리 모양의 출입구, 나무 기둥이 있는 출입구. 몇몇은 무거운 바구니를 들고 통과하기가 상당히 부담스러웠다. 돌아보니 포콤 돼지 농장은 더 이상 보이지 않았다. 앞에는 멀리까지(까마득히 멀리) 농경지와 절벽이 펼쳐졌고, 그 너머 짙푸른 바다가 벽처럼 우뚝 솟아 있었다.

로빈슨은 좀 쉬려고 볕이 잘 드는 아늑한 산울타리 옆에 앉았다. 머리 위에는 노랗고 보송보송한 버들개지가 피어나 있었고, 두둑에는 앵초[89]가 수없이 깔려 있었다. 이끼와 풀의 훈훈한 내음과 뜨끈하고 촉촉한 붉은 흙내가 풍겼다.

"도시락을 지금 먹으면 들고 갈 필요가 없지. 꿀, 꿀, 꿀!" 하고 로빈슨이 말했다.

걷느라 허기가 진 로빈슨은 잼 샌드위치에 달걀까지 먹고 싶었지만 그러기에는 너무 바르고 착한 돼지였다.

"열두 개씩 포장한 게 망가질 거야." 하고 로빈슨이 말했다.

로빈슨은 앵초를 한 다발 꺾어 도카스 이모가 견본으로 쓰라고 준 수선용 털실 조각으로 묶었다.

"이걸 장에서 팔아 내 돈을 보태 사탕 사 먹어야

지. 내게 동전이 얼마나 있더라?" 로빈슨은 주머니 속을 뒤지며 말했다. "도카스 이모가 한 닢 주었고, 포카스 이모도 한 닢 주었고, 앵초를 팔면 한 닢 더 생기고…… 아, 꿀, 꿀, 꿀! 누군가 길을 따라 오고 있네! 이러다 장에 늦겠어!"

로빈슨은 벌떡 일어나 바구니를 비좁은 출입구 속으로 밀어 넣었다. 오솔길은 큰길을 가로질러 계속 이어졌다. 페퍼릴 씨가 다리가 하얀 밤색 말을 타고 다가오는 중이었다. 그의 키다리 그레이하운드 두 마리가 앞장서서 달려오며 지나가는 집마다 철봉 사이로 대문 안을 들여다보았다. 개들은 로빈슨에게 친근하게 펄쩍 뛰어올라 그의 얼굴을 핥고는 바구니 안에 뭐가 들었냐고 물었다. 페퍼릴 씨가 그들을 불렀다.

"이리 와, 파이럿! 이리 와, 포스트보이! 어서 와!" 그는 달걀값을 물어 줄 일을 만들고 싶지 않았다.

도로는 얼마 전 새로 깐 날카로운 회색 돌에 덮여 있었다. 페퍼릴 씨는 밤색 말을 잔디밭 가장자리로 몰아 로빈슨에게 말을 걸었다. 그는 아주 서글서글한 성

격에 얼굴색이 붉고 하얀 수염을 기른 유쾌한 노신사였다. 포큼 돼지 농장과 스타이마우스 사이에 자리한 초록빛 들판과 붉은 농경지는 모두 노신사의 땅이었다.

"안녕, 안녕! 어디 가니, 꼬마 돼지 로빈슨?"

"장터에 가는 길이에요, 페퍼릴 씨. 꿀, 꿀, 꿀!" 하고 로빈슨이 말했다.

"뭐? 너 혼자? 도카스 양과 포카스 양은? 설마 병이 난 건 아니겠지?"

로빈슨은 비좁은 울타리 출입구에 대해 설명했다.

"이런, 이런! 너무 뚱뚱해서? 너무 뚱뚱해서? 그래서 혼자 가는 거야? 이모님들은 왜 심부름 보낼 개를 기르지 않지?"

로빈슨은 페퍼릴 씨의 모든 질문에 아주 영리하고 싹싹하게 대답했다. 어린 나이치고 상당히 똘똘한 데다 채소에 대한 지식도 상당했다. 로빈슨은 종종걸음으로 말 밑을 지날 때 말의 반들반들한 밤색 털과 넓고 흰 뱃대끈, 페퍼릴 씨의 각반과 갈색 가죽 장화를 쳐다보았다. 페퍼릴 씨는 로빈슨이 마음에 쏙 들어서 로빈슨에게 1페니를 주고는 자갈길 끝에서 고삐를 당기고 발뒤축으로 말을 건드렸다.

"잘 가거라, 꼬마 돼지야. 이모님들에게 안부 전해 주렴. 스타이마우스에서 조심하고." 그는 휘파람을 불어 개들을 부르고는 떠나갔다.

로빈슨은 길을 따라 계속 걸었다. 지저분하고 마른 돼지 일곱 마리가 땅을 파헤치는 과수원을 지났다. 그들의 코에는 은고리가 없었다! 로빈슨은 스타이포드 다리를 건넜다. 난간 너머로 작은 물고기들이 느릿한 냇물 물살을 거슬러 헤엄치고 오리들이 물에 뜬 물

미나리아재비 사이로 물장구를 쳤지만, 로빈슨은 걸음을 멈추어 그것들을 구경하지 않고 밀가루에 대해 도카스 이모의 말을 전하러 스타이포드 방앗간을 찾아갔다. 방앗간 안주인이 로빈슨에게 사과를 하나 주었다.

잘 짖고 덩치가 큰 방앗간 윗집 개 집시가 로빈슨에게 헤헤 웃으며 꼬리를 살랑살랑 흔들었다.

수레와 이륜마차 몇 대가 로빈슨을 앞질러 갔다. 처음에는 늙은 농부 둘이 지나갔다. 그들은 고개를 돌

려 로빈슨을 쳐다보았는데 마차 뒷칸에 거위 두 마리와 감자 한 부대, 양배추가 조금 실려 있었다. 다음으로 한 할머니가 당나귀 마차에 암탉 일곱 마리, 사과나무통 아래 밀짚 속에서 기른 긴 분홍빛 적근대 묶음을 싣고 지나갔다. 그다음에는 로빈슨의 사촌 톰 피그가 딸그락딸그락 깡통 소리를 내며 붉은 얼룩 조랑말을 몰아 우유 배달 마차를 타고 지나갔다.

톰 피그는 로빈슨을 태워 주려 했지만 마차는 반대 방향으로 향했다. 붉은 얼룩 조랑말이 집을 향해 달려갔기 때문이다.

"꼬마 돼지가 장에 가는군!" 하고 톰 피그는 유쾌하게 외치며, 로빈슨을 길에 두고 먼지 구름 속으로 달그락달그락 사라졌다.

로빈슨은 계속 길을 걷다 얼마 후 맞은편 산울타리 출입구에 도달했다. 오솔길은 다시 들판을 따라 이어졌다. 로빈슨은 바구니를 들고 출입구를 통과했다. 처음으로 두려움이 앞섰다. 이 들판에는 젖소들이 있었는데, 덩치가 크고 반들반들한 데번 종 젖소는 그들의 고향 땅 흙처럼 암적색이었다. 무리의 우두머리는 뿔 끝에 황동 딸랑이를 매단 포악한 늙은 소였다. 우두머리 소는 로빈슨을 못마땅한 눈빛으로 빤히 쳐다보았다. 로빈슨은 최대한 빠르게 옆걸음질로 목초지를 건너 울타리 출입구를 빠져나갔다. 새 오솔길이 설익은 초록빛 밀밭 가장자리를 따라 이어졌다. 누군가 쏜 총소리가 빵 하고 나는 바람에 로빈슨은 놀라 펄쩍 뛰었고, 그 와중에 바구니 안에 있는 도카스 이모의 달걀 하나가 깨졌다.

밀밭에서 떼까마귀와 갈까마귀가 구름처럼 일어나 까악까악 호통을 쳤다. 그들의 울음소리는 다른 소리와 뒤섞였다. 저 멀리 들판의 경계를 이루는 느릅나무들 사이로 도시의 소음과 함께 스타이마우스의 풍경이 언뜻언뜻 보이기 시작했다. 기차역의 희미한 소음, 삑삑거리는 엔진 소리, 덜컹덜컹 화물차 선로가 바뀌는 소리, 뚝딱거리는 작업장 소리, 웅웅 소리를 내는 희미한 도시의 소음, 항구로 들어오는 증기선의 기적 소리. 아득한 하늘 위에서 갈매기의 걸걸한 울음소리와 젊고 늙은 떼까마귀들이 느릅나무 숲 보금자리에서 깍깍거리며 옥신각신하는 소리가 들려왔다.

로빈슨은 마지막 들판을 빠져나와 걷거나 마차를 타고 가는 시골 사람들의 행렬에 섞였다. 모두들 스타이마우스 시장으로 향하고 있었다.

4

스타이마우스는 피그스티 강어귀에 자리한 작고 예쁜 마을이었다. 느릿한 피그스티강은 높다란 붉은 곶에 에워싸인 만(灣)으로 유유히 흘러들었다. 이 마을은 분지 안의 완만한 경사지를 따라 스타이마우스 항구를 향해 바다 쪽으로 흘러내리는 모양새였고, 스타이마우스 항구는 부두와 바깥쪽 방파제에 둘러싸여 있었다.

항구 도시가 늘 그렇듯 변두리 지역은 단정하지 않았다. 서쪽 진입로에 드문드문 흩어진 인가에는 염소들이나 낡은 쇠붙이와 넝마, 타르를 칠한 로프, 낚시 그물을 취급하는 사람들이 주로 살았다. 밧줄 공장들이 있었고, 자갈이 깔린 둑 위로 흔들거리는 빨랫줄에 빨래들이 펄럭거렸다. 주변에 해초나 소라 껍데기, 죽은 게딱지가 널린 풍경은 깔끔한 초록빛 풀밭 위 빨랫줄에 포카스 이모의 빨래들이 널린 풍경과는 영 딴판이었다.

선박용품점에서는 작은 망원경과 방수모와 양

파[90]를 팔았는데 여기저기서 냄새가 났다. 초소 모양으로 생긴 이상하리만치 높은 헛간에는 청어잡이 그물을 널어 말렸고, 집들은 지저분한 데다 안에서 왁자지껄한 말소리가 들려왔다. 그곳은 가구 운반차가 있을 법한 곳이었다. 로빈슨은 길 한가운데로만 걸어갔다. 누군가 선술집 창문으로 로빈슨에게 소리쳤다. "들어오렴, 뚱보 돼지야!" 로빈슨은 후다닥 달아났다.

스타이마우스 마을은 깨끗하고 쾌적하고 그림 같고 친절했지만(부둣가는 항상 제외였다.) 경사가 몹시 가팔랐다. 만약 로빈슨이 도카스 이모의 달걀을 하이거리 어귀에 놓았다면 달걀은 언덕 발치까지 내내 굴러갔을 것이다. 중간에 현관 계단에 부딪히거나 발에 밟혀 깨지지 않는다면 말이다. 그날은 장날이라 거리는 인파로 북적였다.

로빈슨은 이리저리 부딪혀 보도를 벗어나기 일쑤였다. 로빈슨과 마주친 할머니들은 전부 로빈슨 못지않게 큰 바구니를 들고 있었다. 길을 따라 생선 수레와 사과 수레, 그릇과 철물을 파는 가판대, 수탉과 암탉을

나르는 조랑말 마차, 등짐을 진 당나귀, 마차에 건초를 한가득 실은 농부들이 있었고, 부두 쪽에서는 석탄 수레 행렬이 끊임없이 올라왔다. 그 소음에 시골에서 자란 돼지는 정신이 쏙 빠지고 겁이 났다.

로빈슨은 정신을 바짝 차리고 걸어서 포어 거리에 들어섰다. 그곳에는 몰이꾼의 개가 거세된 수소 세 마리를 마당으로 몰아넣는 중이었고, 스텀피를 비롯해 마을 개들 절반이 그것을 돕고 있었다. 로빈슨과 아스파라거스 바구니를 든 다른 꼬마 돼지 둘은 냅다 골목길을 달려 어느 집 문간에 숨었다. 어느덧 고함 소리와 짖는 소리가 잦아들었다.

로빈슨은 용기를 내 포어 거리로 다시 나와 당나귀 꼬리 쪽에 바짝 붙어 따라가기로 했다. 봄 브로콜리가 수북한 바구니를 진 당나귀였다. 어느 길이 장터로 향하는지 추측하기는 어렵지 않았다. 교회 종이 11시를 알렸다. 그동안 여러 번 지체했으니 그럴 만도 했다.

장은 아침 10시에 이미 시작되었지만 장마당에는 물건을 사려는 손님과 팔려는 상인이 넘쳐 났다.

넓고 시원하고 밝고 활기차며 유리 천장에 덮인 곳이었다. 붐비기는 했지만 이리저리 떠밀리는 데다 시끄러운 바깥 자갈길에 비하면 안전하고 쾌적했다. 게다가 마차에 치일 위험도 없었다. 왁자지껄하는 소리, 시장 상인들이 물건 외치는 소리가 들렸고, 손님들은 가판대 주변에서 팔꿈치로 치고 밀어 댔다. 유제품과 채소, 생선, 어패류가 버팀대 위 평편한 판자 위에 진열되어 있었다.

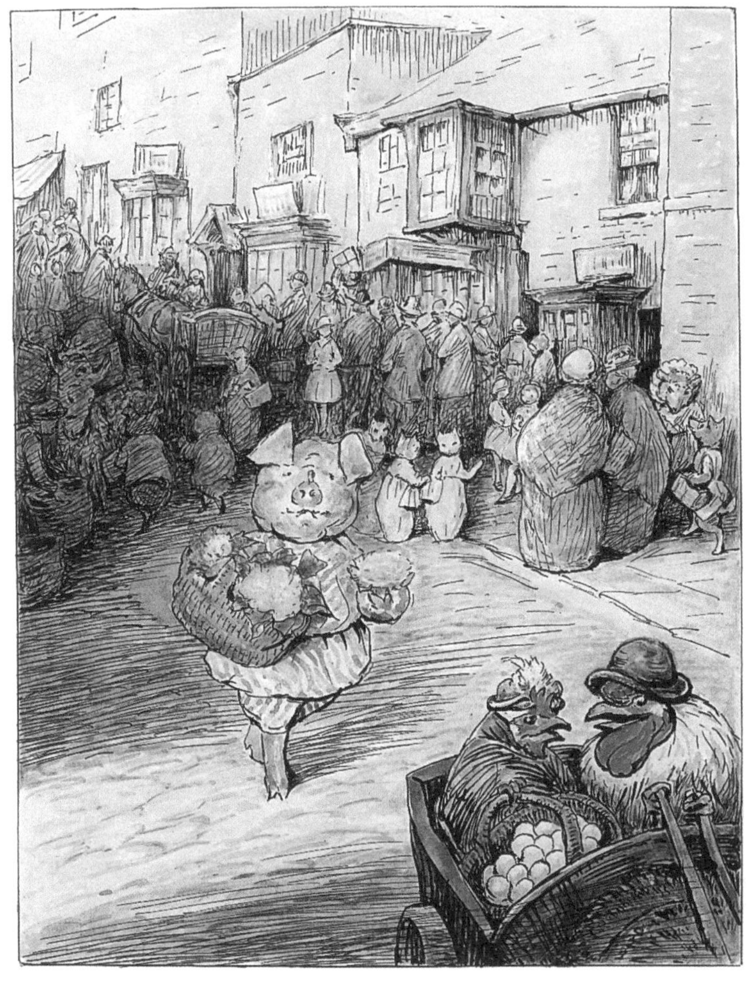

로빈슨은 서 있을 만한 곳을 발견했다. 염소 내니 네티코트 아줌마가 일일초[91]를 파는 가판대 가장자리 옆이었다.

"일일초 있어요! 일일초! 일일초, 일일초, 일일초! 매애, 매애애!" 하고 내니 아줌마가 외쳤다.

내니 아줌마는 일일초만 팔고 있어서 로빈슨의 달걀과 앵초를 못마땅해하지는 않았다. 아줌마는 로빈슨에게 꽃양배추가 있다는 것을 전혀 몰랐고, 로빈슨도 슬기롭게 꽃양배추가 든 바구니를 테이블 아래에 놓아두었다. 로빈슨은 빈 상자 위에 올라가 가판대 뒤에서 자신 있고 당당하게 노래를 불렀다.

"갓 낳은 달걀 있어요! 갓 낳은 신선한 달걀! 달걀과 수선화 사실 분?"

"내가 살게." 꼬리가 몽땅하고 몸집이 큰 갈색 개가 말했다.

"달걀 열두 개 살게. 우리 주인 로즈 양의 심부름으로 달걀과 버터를 사러 왔거든."

"미안하지만 버터는 없어요, 스텀피 씨. 하지만 탐스러운 꽃양배추는 있지요." 로빈슨은 슬쩍 내니 네티코트 아줌마를 흘끔 보고는 바구니를 들어 올렸다. 행여 아줌마가 꽃양배추를 먹을까 봐 눈치가 보였지만 아줌마는 빵모자를 쓴 오리 손님을 위해 백랍 통에 일일초를 계량하기 바빴다. "예쁜 갈색 달걀들인데 하나는 금이 갔어요. 버터는 맞은편 가판대의 하얀 꼬마 고양이가 파는 것 같아요…… 이건 탐스러운 꽃양배추예요."

"꽃양배추 하나 줘. 네 들창코에 축복이 있기를. 정원에서 직접 기른 거니?" 벳시 할멈이 다가와 말했다. 할멈의 류머티즘은 한결 나아진 상태였다. 수전은 벳시 할멈이 시키는 대로 집을 지키고 있었다. "아니, 달걀은 필요 없어. 집에서 암탉을 기르거든. 꽃양배추 하나랑 꽃병에 꽂을 수선화 다발이면 돼." 하고 벳시 할멈이 말했다.

“꿀, 꿀, 꿀!” 하고 로빈슨은 대답했다.

“여기예요, 퍼킨스 부인, 이리 와 봐요! 이 꼬마 돼지가 혼자 가판에 서 있는 것 좀 보세요!”

“어머, 몰랐네!” 퍼킨스 부인이 군중을 헤치며 다가왔고, 꼬마 여자애 둘이 뒤따랐다. “어머, 까맣게 몰랐어! 이거 금방 낳은 거니, 꼬맹아? 와인도트 부인네 달걀처럼 별안간 깨져서 나들이옷을 망치는 일은 없겠지? 와인도트 부인은 꽃 품평회 다섯 곳에서 일등상을 탔지만 달걀이 깨져서 심사위원의 검은 실크 드레스를 망치고 말았지. 혹시 커피로 물들인 오리 알은 아니겠지? 꽃 품평회에서 그런 속임수가 있었어! 갓 낳은 것 확실하지? 하나만 깨졌다고? 정말 솔직하구나. 달걀 프라이에는 상관없어. 달걀 열두 개랑 꽃양배추 하나 다오. 여기 좀 봐, 새러 폴리! 요 녀석의 은 코걸이 좀 보라고."

새러 폴리와 새러의 친구인 소녀가 웃음을 터뜨리며 깔깔거리는 바람에 로빈슨은 얼굴을 붉혔다. 하도 부끄러워서 한 숙녀가 마지막 꽃양배추를 사려는 줄도 모르다가 숙녀가 톡톡 건드리자 눈치를 챘다. 하지만 팔 것은 앵초 한 다발 외에 아무것도 없었다. 두 소녀는 계속 깔깔거리고 속닥거린 후 다시 와서 앵초를 샀다. 그들은 로빈슨에게 동전과 함께 박하사탕을 하나 건넸는데, 로빈슨은 정신이 없어서 무덤덤하게 그것을 받았다.

앵초 다발을 넘겨주자마자 로빈슨은 도카스 이모의 수선용 털실 견본도 함께 팔아 버린 걸 뒤늦게 알아차렸다. 로빈슨은 그것을 돌려달라 해야 할지 고민했지만 퍼킨스 부인과 새러 폴리와 새러의 친구 소녀는

사라지고 없었다.

로빈슨은 모든 것을 팔고 나서 박하사탕을 빨며 장마당을 빠져나왔다. 여전히 많은 사람들이 장마당으로 들어오고 있었다. 로빈슨이 밖으로 나와 계단에 섰을 때, 군중을 밀치며 올라오던 양 할머니의 숄에 로빈슨의 바구니가 걸렸다. 로빈슨이 걸린 오라기를 풀고 있는데 스텀피가 밖으로 나왔다. 장보기를 마치고 돌아가는 스텀피의 바구니는 구입한 물건들로 가득해 무거웠다. 스텀피는 책임감이 강하고 믿음직하며 남을 잘 도와주는 개였고, 누구에게든 기꺼이 친절을 베풀었다.

로빈슨이 멈비 영감네 가게로 가는 길을 묻자 스텀피가 말했다. "나는 브로드 대로를 거쳐서 집으로 가. 그러니 나를 따라와, 내가 길을 안내할 테니."

"꿀, 꿀, 꿀! 아, 고맙습니다, 스텀피 아저씨!" 하고 로빈슨이 말했다.

5

귀가 먹고 안경을 낀 멈비 영감은 잡화점을 운영했다. 그 가게에는 없는 물건이 거의 없었지만 딱 하나 돼지고기만 팔지 않았는데 도카스 이모는 그 점을 상당히 높이 샀다. 스타이마우스의 잡화점 중 줄줄이 엮인 가느다랗고 허여멀건 모양새의 흉측한 날소시지가 커다란 그릇에 담겨 진열대 위에 놓여 있거나, 돌돌 말린 베이컨이 천장에 매달리지 않은 잡화점은 거기가 유일했다.

"기분이 좋을 리 없지." 도카스 이모는 발끈해서 말하고는 했다. "가게에 들어갔는데 돼지고기가 머리에 부딪히면 기분 좋을 리 있어? 친했던 친척의 살일 수도 있잖아?"

그래서 이모들은 멈비 영감의 가게에서 설탕이며 차, 표백제, 비누, 프라이팬, 성냥, 머그잔을 샀다.

그 가게는 그 외에도 여러 가지 물건들을 팔았고, 재고가 없는 물건들은 영감이 주문해 주었다. 하지만 신선해야 하는 이스트는 팔지 않았기 때문에 멈비 영감은 로빈슨에게 이스트는 빵집에서 사라고 알려 주었다. 양배추 씨앗도 철이 지났다고, 올해는 모두들 채소 씨뿌리기를 끝마쳤다고 했다. 수선용 털실은 팔기는 했지만 로빈슨이 사야 할 색깔을 까먹은 바람에 살 수 없었다.

로빈슨은 자기 돈으로 갱엿 막대사탕을 여섯 개 사고 멈비 영감이 도카스 이모와 포카스 이모에게 전하는 말을 귀담아들었다. 다음 주 당나귀 마차가 수리되면 어떻게 양배추를 보내야 하는지에 대한 이야기였고, 주전자는 아직 수선이 끝나지 않았으며, 새로 나온 석탄 다리미를 포카스 이모에게 권하는 내용도 있었다.

로빈슨은 "꿀, 꿀, 꿀?" 하고 대답하며 열심히 들었다.

작은 개 팁킨스는 카운터 뒤 스툴에 올라서서 파란 종이봉투에 물건들을 넣고 묶었다. 작은 개 팁킨스가 로빈슨에게 속삭였다. "올봄 포콤 돼지 농장 헛간에는 쥐들이 들끓지 않아? 그나저나 로빈슨은 토요일 오후에 뭐 해?"

"꿀, 꿀, 꿀!" 하고 로빈슨은 대답했다.

로빈슨은 무거운 짐을 들고 멈비 영감의 가게에서 나왔다. 갱엿이 위로가 되기는 했지만 수선용 털실과 이스트와 양배추 씨앗이 마음에 걸렸다. 로빈슨은 초조하게 주변을 두리번거리다 벳시 할멈과 마주쳤다. 할멈이 외쳤다.

"꼬마 돼지에게 축복을! 아직 집에 안 갔니? 스타이마우스에서 걸음을 멈추어서는 안 돼. 소매치기 당할라!"

로빈슨은 수선용 털실을 사지 못했다고 말했다.

친절한 벳시 할멈은 선뜻 도움을 자청했다.

"그 앵초 꽃다발을 묶었던 양모 털실 말이로구나. 푸른빛이 도는 회색이었어. 내가 우리 샘 영감에게 마지막으로 떠 준 양말과 같은 색깔이야. 나랑 같이 양털 가게에 가자꾸나…… 플리시 플록의 양털 가게. 그 색깔은 기억하고 있어. 기억하고말고!" 하고 벳시 할멈이 말했다.

플리시 플록은 로빈슨이 마주친 적 있는 암양이었다. 플록 아줌마는 장터에서 순무 세 개를 산 후 가게 문을 닫은 사이 손님을 놓칠까 봐 곧장 가게로 왔다.

엄청난 가게였다! 엄청나게 복잡했다! 온갖 색깔의 양털 천지였다. 두꺼운 양털, 얇은 양털, 뜨개실, 양탄자용 양털. 수많은 다발들이 뒤죽박죽 섞여 있었다. 플록 아줌마는 선뜻 아무것도 꺼내지 못했다. 너무 헷갈려서 물건을 찾는 데 아주 굼떴기 때문에 벳시 할멈은 조바심을 냈다.

"아니, 슬리퍼용 양모는 필요 없어요. 수선용 털실, 보송보송한 걸로 줘요. 수선용 털실, 우리 샘 영감의 양

말을 짜려고 내가 사 간 것과 똑같은 색깔로. 맙소사, 아니야, 뜨개바늘은 필요 없어! 수선용 털실 달라고."

"매애, 매애애! 흰색이라고 했나요, 검은색이라고 했나요?" 세 가닥 꼰 실, 맞죠?"

"어유, 참 내, 회색 수선용 실이 있을 거야. 색깔 섞인 거 말고."

"분명 어딘가에 있는데." 플리시 플록 아줌마가 실타래와 묶음 들을 뒤지며 당황한 듯 말했다. "오늘 아침 숫양 심 램 영감이 깎은 유햄프턴 양털을 일부 가져왔거든요. 그 바람에 가게가 난장판이 되었어……."

30분이나 걸려 겨우 그 털실을 찾아냈다. 벳시 할멈이 아니라면 로빈슨은 그 양털을 절대 사지 못했을 것이다.

"너무 늦었어. 그만 집에 가야겠다." 벳시 할멈이 말했다. "오늘 저녁에 우리 샘 영감의 배가 들어오거든. 내 말대로 무거운 장바구니는 방울새[92] 골드핀치 자매에게 맡기고 서둘러 장을 마저 보렴. 포콤 돼지 농장으로 돌아가려면 긴 언덕을 올라야 하니 말이야."

로빈슨은 벳시 할멈의 조언에 따라 방울새네 가게를 향해 걸었다. 도중에 이스트를 살까 하고 빵집 한 곳에 들렀다.

안타깝게도 그곳은 빵을 파는 곳이 아니었다. 먹음직한 빵 냄새가 나고 창가에 빵이 놓여 있었지만, 식당이 아니라면 요리용품 가게였다.

로빈슨이 문을 밀어 열자 앞치마를 두르고 하얀 사각 모자를 쓴 남자가 돌아서더니 말했다. "안녕! 돼지고기 파이가 뒷발로 서서 걸어 다니네?" 그러자 식탁에 앉아 있던 네 남자가 무례하게 웃음보를 터뜨렸다.

로빈슨은 허겁지겁 가게를 떠났다. 다른 빵집에 들어갈 엄두가 나지 않았다. 로빈슨이 간절한 눈길로 포어 거리의 다른 창문 안을 들여다보고 있을 때 스텀피가 다시 로빈슨을 발견했다. 그는 장을 본 바구니를 들고 집으로 가다 다른 볼일을 보러 그곳에 잠깐 들른 참이었다. 스텀피는 로빈슨의 장바구니를 입에 물고 로빈슨을 아주 안전한 빵집으로 데려갔다. 그가 개 비스킷을 사는 곳이었다. 로빈슨은 드디어 거기서 도카스 이모의 이스트를 샀다.

그들은 양배추 씨를 사려고 알아보았지만 살 만한 곳은 부둣가의 할미새 부부가 운영하는 작은 가게뿐이라는 말을 들었다.

"딱하지만 나는 같이 갈 수 없어." 스텀피가 말했다. "우리 로즈 양이 발목을 삐어서 내가 대신 우표 열두 개를 사서 가는 길이거든. 우체부가 떠나기 전에 우표를 로즈 양에게 가져가야 해. 이 무거운 바구니를 들고 계단 오르내리지 말고 꼭 황금방울새에게 맡기도록 해."

로빈슨은 스텀피에게 감사를 표했다. 방울새 두 자매는 차와 커피를 파는 찻집을 운영했는데, 도카스 이모를 비롯해서 조용한 시장 사람들이 그곳의 단골이었다. 문 위 간판에는 작고 토실토실한 초록빛 새가 그려져 있고, 찻집 이름인 '만족한 검은방울새'가 적혀 있었다. 토요일마다 배달꾼이 세탁물을 들고 스타이마우스를 찾을 때면 배달꾼의 당나귀는 방울새네 마구간에서 쉬고는 했다.

로빈슨이 워낙 피곤해 보여서 언니 방울새는 로빈슨에게 차를 한 잔 주었다. 하지만 자매 모두 로빈슨에게 빨리 마시라고 재촉했다.

"꿀, 꿀, 꿀! 꽥!" 로빈슨은 코를 데이고 말았다.

방울새 자매는 도카스 이모를 존경하기는 했지만 로빈슨 혼자 장을 보러 온 것이 못마땅했다. 바구니도 로빈슨이 들기에 너무 무겁다고 말했다.

"우리 둘이 힘을 합쳐도 못 들겠네." 언니 방울새가 작은 발톱을 치켜들며 말했다. "양배추 씨를 사서 얼른 돌아가렴. 심 램 영감의 조랑말 마차가 아직 우리 마구간에서 대기 중이야. 마차가 떠나기 전에 돌아오면 영감이 널 태워 줄 거야. 좌석 밑에 네 바구니가 들어갈 공간도 어떻게든 만들어 줄 테고…… 게다가 그 마차는 포콤 돼지 농장을 지나가거든. 이제 뛰어!"

"꿀, 꿀, 꿀!" 하고 로빈슨이 말했다.

"대체 무슨 생각으로 저 아이를 혼자 보낸 거야? 어두워지기 전에 집에 가기는 글렀어." 언니 방울새가 말했다. "마구간으로 날아가서 심 램 영감의 조랑말한

테 로빈슨의 바구니가 도착하기 전에는 출발하지 말라고 일러 둬."

동생 방울새는 마당을 가로질러 날아갔다. 그들은 부지런하고 활력 넘치는 꼬마 숙녀들이라 차 통에 차뿐 아니라 각설탕과 엉겅퀴씨도 모아 두었다. 탁자와 사기그릇도 티끌 하나 없이 깨끗했다.

6

스타이마우스에는 여관이 넘쳤다. 많아도 너무 많았다. 농부들은 대개 '검은 황소' 여관이나 '말과 편자공' 여관에 말을 쉬게 했고, 몸집이 더 작은 시장 사람들은 '돼지와 호루라기' 여관을 애용했다.

포어 거리 모퉁이에는 '왕관과 닻'이라는 여관이 있었는데 주로 뱃사람들이 드나들었다. 몇몇 뱃사람들이 주머니에 양손을 찔러 넣은 채 여관 문간을 어슬렁거렸다. 그중 파란 저지 옷을 입은 뱃사람이 슬렁슬렁 거리를 건너와 로빈슨을 빤히 쳐다보았다.

뱃사람이 말했다. "꼬마 돼지야! 코담배 좋아하니?"

로빈슨에게 한 가지 단점이 있다면 '아니요.'라는 말을 못하는 것이었다. 심지어 달걀을 훔쳐 가는 고슴도치에게도 그러지 못했다. 로빈슨은 코담배든 담배든 질색이었지만 "아니요, 괜찮습니다, 아저씨."라

고 말하고는 볼일을 보러 가는 대신 그저 발을 동동 구르고, 한 눈을 반쯤 감고, 머리를 갸웃거리고, 꿀꿀거렸다.

뱃사람은 뿔로 만든 담배 상자를 꺼내 로빈슨에게 코담배 가루를 조금 주었다. 로빈슨은 도카스 이모에게 줄 요량으로 그것을 종잇조각에 쌌다. 그러고는 예의에 어긋나지 않게 뱃사람에게 갱엿을 권했다.

로빈슨은 코담배를 좋아하지 않았지만 안면을 튼 뱃사람은 막대사탕을 거부하지 않았다. 그는 갱엿을 여러 개 먹어 치우고 로빈슨의 귀를 잡아당기고 로빈슨을 칭찬하더니 덕분에 턱이 다섯 겹이나 되었다고 말했다. 그러고는 로빈슨을 양배추 씨 파는 가게에 데려다주겠다고 약속했다. 생강을 실어 나르는 배를 구경시켜 주겠다고도 말했다. 그 배의 선장은 바나바스 부처이고, 배의 이름은 '파운드 오브 캔들스'였다.

로빈슨은 배 이름이 딱히 마음에 들지 않았다. 웬지 양초나 비누 만드는 데 쓰이는 동물 기름이나 돼지비계, 지글지글 익는 베이컨 조각이 떠올랐기 때문이다. 하지만 로빈슨은 수줍게 웃는 얼굴로 발끝으로 걸어 뱃사람을 순순히 따라갔다. 로빈슨이 몰랐던 사실은…… 남자가 그 배의 요리사라는 것이다!

그들이 하이 거리를 벗어나 항구로 이어지는 가파르고 비좁은 길로 접어들 때, 멈비 영감이 가게 문간에서 걱정스러운 목소리로 외쳤다. “로빈슨! 로빈슨!”

하지만 마차들 지나가는 소리가 워낙 시끄러웠다. 게다가 때마침 한 손님이 가게 안으로 들어와 주의를 빼앗기는 바람에 영감은 뱃사람의 수상쩍은 행동을 잊고 말았다. 그러지 않았다면 로빈슨네에 대한 의리로 개 팁킨스를 시켜서 로빈슨을 데려왔을 것이다. 그래서 로빈슨이 실종되었을 때 멈비 영감은 가장 먼저 경찰에게 유용한 단서를 제공했다. 때는 이미 너무 늦었지만.

로빈슨과 그의 새 친구는 항구 계류장을 향해 긴 계단을 내려갔다. 계단은 몹시 높고 가파르고 미끄러웠다. 꼬마 돼지가 계단에서 계단으로 펄쩍펄쩍 뛰어내리자 뱃사람은 친절하게 로빈슨을 붙잡아 주었다.

그들은 손을 잡고 부둣가를 따라 걸었다. 그들의 모습은 마냥 즐거운 것처럼 보였다.

로빈슨은 호기심 어린 눈으로 주변을 둘러보았다. 예전에 딱 한 번 당나귀 마차를 훔쳐 타고 스타이마우스에 왔었다. 그때 계단 너머를 쳐다보기는 했어도 감히 계단을 내려가지는 못했다. 뱃사람들이 워낙 거친 데다 주변에서 배를 지키는 작은 테리어들이 으르렁거렸기 때문이다.

항구에는 배들이 정말 많았다. 여기도 위쪽 장터 못지않게 시끄럽고 부산스러웠다. 돛이 세 개인 큰 범선 '골디락스' 호에서 오렌지 상자들의 하역이 이루어졌고, 부둣가 저편에서는 브리스톨에서 온 '리틀 보핍'이라는 작은 쌍돛대 범선에 유햄프턴과 램워디 양들의 양털 뭉치들이 실리고 있었다.

거대하고 고부라진 뿔을 가진 숫양 심 램 영감은 종을 매단 채 트랩 옆에 서서 양털 뭉치의 개수를 셌다. 도르래에 매달린 밧줄이 움직이면서 기중기가 양털 뭉치를 화물칸 안으로 훅 떨어뜨릴 때마다 영감은 고개를 끄덕였고, 매달린 종은 "딸랑딸랑" 소리를 냈다. 영감은 고개를 끄덕이고 걸걸한 목소리로 매애 하고 울었다.

영감은 로빈슨과 안면이 있는 사이라 로빈슨을 보았다면 분명히 경고했을 것이다. 예전에 마차를 타고 포콤 돼지 농장을 자주 지나다녔기 때문이다. 하지만 영감은 눈이 잘 보이지 않는 데다 부둣가 쪽을 쳐다보고 있었다. 선적된 양털 뭉치가 모두 서른다섯 개인지 서른네 개인지를 놓고 배 사무장들과 말다툼이 벌어져 당황한 적이 있었기 때문이다.

그래서 심 램 영감은 그나마 보이는 눈을 양털에 고정해 두고 긴 지팡이에 새겨진 눈금으로(뭉치 하나에 눈금 하나씩) 양털의 총 개수를 셌다. 서른다섯, 서른여섯, 서른일곱…… 영감은 숫자 세기가 어서 끝나기만 바랐다.

영감의 꼬리 잘린 양치기 개 티모시 집도 로빈슨과 안면이 있었다. 하지만 석탄선 '마저리 도우' 호의 에어데일테리어[93]와 '골디락스' 호의 스패니얼[94] 간에

벌어진 싸움을 말리느라 여념이 없었다. 아무도 신경 쓰지 않았지만 두 개는 서로 으르렁거리다 뒤엉켜 부두 옆으로 굴러 물속으로 떨어졌다. 로빈슨은 뱃사람에게 바짝 붙어서 그의 손을 꼭 잡았다.

'파운드 오브 캔들스' 호는 상당히 큰 범선이었다. 새로 칠을 했고, 로빈슨은 이해하지 못하는 특정

한 깃발들로 장식되어 있었다. 배는 바깥쪽 방파제 끄트머리 옆에 정박되어 있었다. 파도가 빠르게 몰아쳐 배의 옆면을 철썩철썩 때리며 계류 밧줄을 팽팽히 잡아당겼다.

선원들은 바나바스 부처 선장의 지시에 따라 짐을 배에 싣고 밧줄로 작업했다. 선장은 마른 몸에 구릿빛 피부와 걸걸한 목소리를 가진 뱃사람이었는데, 이것저것 쿵쿵 내던지며 구시렁거렸다. 부둣가에서도 그의 말소리가 언뜻언뜻 들렸다. 예인선 '해마' 호와 북동풍을 탄 한사리,[95] 빵집 주인과 신선한 채소에 대한 이야기였다. "정각 11시에 실어야 해. 고기도……." 선장은 말을 뚝 멈추고 요리사와 로빈슨을 쳐다보았다.

로빈슨과 요리사는 들썩이는 널빤지를 건너 배에 올랐다. 갑판에 올라섰을 때 로빈슨은 까만 장화 차림의 덩치 큰 노란 고양이와 마주쳤다.

고양이는 펄쩍 놀라며 들고 있던 까만 솔을 떨어뜨렸다. 그리고 로빈슨을 향해 눈을 찡끗거리고 얼굴을 요상하게 찌푸렸다. 고양이의 그런 행동은 처음이었다. 로빈슨은 고양이가 어디 아프냐고 물었다. 요리사가 장화 한 짝을 고양이에게 던지자 고양이는 삭구 안으로 줄행랑을 쳤다. 요리사는 로빈슨에게 선실 안으로 내려가 머핀과 크럼펫[96]을 먹지 않겠냐고 물으며 살살거렸다.

로빈슨이 얼마나 많은 머핀을 먹어치웠는지 모르겠다. 로빈슨은 끝없이 머핀을 먹다 잠이 들었다. 그렇게 쿨쿨 자던 로빈슨은 별안간 누워 자던 스툴이 요동치는 바람에 바닥으로 떨어져 탁자 밑으로 굴러갔다.

선실 옆쪽 바닥이 천장 쪽으로 쑥 올라가고, 반대편 천장이 바닥 쪽으로 휙 내려왔다. 접시들이 춤을 추었고, 고함 소리와 와당탕하는 소리, 쇠사슬 딸그락거리는 소리와 그 외에 시끄러운 소음들이 들려왔다.

로빈슨은 이리저리 몸을 부딪히며 일어나 비틀거리며 사다리 같은 계단을 올라 갑판으로 나갔다. 그리

고 공포에 질려서 비명을 내질렀다! 어마어마한 초록빛 파도가 사방에서 넘실대며 배를 휘감았다. 부둣가 집들이 인형의 집처럼 보였다. 내륙 쪽 고지대에, 붉은 절벽과 푸른 풀밭 위로 포곰 돼지 농장이 우표만 하게 보였다. 과수원 안의 작고 하얀 조각들은 포카스 이모가 표백을 위해 풀밭 위에 널어놓은 빨래였다. 검은 예인선 '해마' 호가 가까이에서 연기를 내뿜고 들썩이며 흔들렸다. 해마 호는 '파운드 오브 캔들스' 호에서 방금 내던진 느슨한 예인 줄을 감고 있었다.

바나바스 선장은 뱃머리에 서서 예인선 선장에게 뭐라 소리쳤다. 선원들도 고함을 지르며 힘껏 당겨 돛을 올렸다. 배는 기우뚱하더니 파도를 헤치며 나아갔고 곧 바다 냄새가 났다.

로빈슨은 정신이 나간 것처럼 고래고래 비명을 지르며 갑판 위를 돌아다녔다. 갑판이 한쪽으로 심하게 기울 때는 한두 번 미끄러지기도 했지만 계속 달리고 또 달렸다. 비명은 점차 노랫소리로 바뀌었지만 로빈슨은 여전히 달렸다. 이런 노래를 부르면서.

"가엾은 돼지 로빈슨 크루소!
아, 어쩌면 이럴 수가 있나?
어찌 끔찍한 배에 태워 떠나 보내나,
아, 가엾은 돼지 로빈슨 크루소!"

선원들은 배를 잡고 웃다가 눈물까지 흘렸다. 하지만 로빈슨이 똑같은 노래를 쉰 번이나 부르고, 몇몇 선원들의 다리 사이를 내달리며 성가시게 하자 그들은 벌컥 화를 내기 시작했다. 요리사마저 더 이상 로빈슨을 살갑게 대하지 않았다. 살갑기는커녕 대단히 무례했다. 로빈슨에게 노래를 멈추지 않으면 당장 돼지갈비로 만들겠다고 으름장을 놓았다.

그래서 로빈슨은 '파운드 오브 캔들스' 호 갑판에 쓰러져 뻗어 버렸다.

7

로빈슨이 배에서 푸대접을 받았을 거라고 생각하면 오산이다. 오히려 정반대였다. '파운드 오브 캔들

스' 호에서 로빈슨은 포콤 농장에서보다 더 잘 먹고 귀염도 많이 받았다. 이모들이 그리워 며칠 속을 태웠지만(특히 뱃멀미를 할 때) 이내 마음을 다잡고 평온해졌다. 그러고는 멀미를 안 하고 배 위를 잘 돌아다니는 요령을 터득해 갑판을 마음껏 활보하다, 급기야 너무 살찌고 게을러져서 더는 돌아다닐 수 없게 되었다.

요리사는 로빈슨에게 꼬박꼬박 죽을 끓여 주었다. 곡식 자루와 감자 자루는 오롯이 로빈슨의 안녕과 기쁨을 위해 마련된 것 같았다. 로빈슨은 양껏 배를 채웠다. 실컷 먹고 따끈한 갑판 마루에 누워 있으면 그리 좋을 수가 없었다. 로빈슨이 점점 게으름뱅이가 되는 동안 배는 남쪽으로 항해해 더 따뜻한 날씨 속으로 들어갔다.

항해사는 로빈슨을 쓰다듬어 주었고, 선원들은 로빈슨에게 음식을 한 입씩 나누어 주었다. 요리사는 등을 쓰다듬고 옆구리를 긁어 주었다. 로빈슨의 갈비뼈는 하도 살이 쪄서 만져도 간지럽지 않았다. 로빈슨을 장난처럼 대하지 않는 것은 노란 수고양이와 괴팍한 선장뿐이었다.

로빈슨은 고양이의 태도에 당황하지 않을 수 없었다. 고양이는 옥수수 죽을 못마땅해하는 것 같았고, 지나친 욕심은 좋지 않다는 둥 식탐은 끝이 좋지 않다는 둥 알쏭달쏭한 말을 했다. 하지만 그 끝이 무엇인지 애매한 데다 고양이 본인이 노란 죽이나 감자를 즐겨

먹지 않아서 로빈슨은 그저 편견에서 하는 말일 거라고 생각했다. 그렇다고 고양이가 쌀쌀맞은 것은 아니었다. 침울하고 걱정이 많은 것뿐이었다.

그 고양이는 다른 종족을 사랑하고 있었다. 평소 고양이의 시큰둥하고 우울한 생활 태도는 올빼미와 헤어진 탓이기도 했다. 그 상냥한 라플란드[97] 흰올빼미[98]

암컷이 북쪽으로 가는 포경선을 타고 그린란드로 가버린 것이다. '파운드 오브 캔들스' 호는 열대 바다를 향해 가는데.

그래서 고양이는 의무를 등한시했고 요리사와는 앙숙이었다. 장화에 광을 내거나 선장의 시중을 드는 대신 밤이나 낮이나 삭구에서 달을 향해 사랑 노래를 불렀다.

그러다 틈틈이 갑판으로 내려와 로빈슨에게 쓴소리를 했다.

고양이는 너무 많이 먹으면 안 되는 이유를 꼬집어 말하지는 않았지만, 가끔 어떤 이상한 날을 언급했다.(로빈슨은 그날이 언제인지 기억나지 않았다.) 그날은 바로 선장이 1년에 한 번 진수성찬을 차려 자축하는 선장의 생일이었다.

"그래서 사과를 아껴 두는 거야. 양파는 날이 더워 싹이 나는 바람에 다 먹었어. 바나바스 선장이 요리사한테 사과가 있으니 소스 재료로 양파는 필요 없다고 하는 말을 들었어."

로빈슨은 귀담아듣지 않았다. 로빈슨과 고양이는 뱃전에서 은빛 물고기 떼를 구경했다. 배 안은 몹시 고요했다. 요리사는 고양이가 무얼 보고 있나 궁금해서 갑판을 건너왔다가 싱싱한 물고기를 보고는 기뻐 소리쳤다. 선원 절반이 낚시에 나섰다. 그들은 낚싯줄에 빨간 양털이나 비스킷 조각을 미끼로 달았다. 갑판장은 낚싯줄에 반들반들 윤이 나는 단추를 매달아 물고기를 낚았다.

단추 미끼낚시의 단점은 물고기가 갑판으로 끌려 올라오다 중간에 떨어지는 경우가 잦다는 것이었다. 보트를 쓰라는 선장의 허락이 떨어졌고, 보트는 '대빗'[99]이라 불리는 쇠 기계장치에서 유리 같은 바다 수면으로 내려졌다.

선원 다섯 명이 보트에 탔고, 고양이도 뛰어들었다. 그들은 오랫동안 낚시를 했다. 바람 한 점 불지 않았다.

고양이가 없는 동안 로빈슨은 따사로운 갑판 위에서 태평하게 잠이 들었다가, 얼마 후 항해사와 요리사의 목소리에 잠이 깼다. 그들은 낚시를 나가지 않고 배에 남아 있었다. 항해사가 말했다.

"일사병에 걸려 죽은 돼지의 허리 살은 먹기 싫어, 요리사 양반. 녀석을 흔들어 깨우게. 아니면 돛천이라도 덮어 주든가. 내가 농장에서 자라서 알아. 돼지들은 뜨거운 태양 아래에서 자게 두어서는 안 돼.”

“왜요?” 하고 요리사가 물었다.

“일사병에 걸리니까.” 항해사가 대답했다. “게다가 햇볕에 살갗이 주글주글해지고 허옇게 변한단 말일세. 고기를 구웠을 때 모양새가 좋지 않아.”

그 순간 무거운 돛천이 휙 날아와 로빈슨을 덮었

다. 로빈슨은 와락 꿀꿀거리며 몸부림을 치고 발길질을 했다.

"녀석이 들었을까요, 항해사님?" 하고 요리사가 목소리를 낮춰 물었다.

"모르지. 들어도 상관없지 뭐. 어차피 배에서 뛰어내리지는 못할 테니." 하고 항해사는 파이프 담배에 불을 붙이며 대답했다.

"식욕을 잃으면 어쩌지. 먹성이 좋은 놈인데." 하고 요리사가 말했다.

얼마 후 바나바스 부처 선장의 목소리가 들렸다. 아래 선장실에서 낮잠을 자다 올라온 모양이었다.

"큰 돛대 망루에 올라가 망원경으로 수평선을 살펴서 위도와 경도를 확인해 봐. 지도와 나침반에 의하면 여기는 다도해인 것 같아." 부처 선장의 목소리가 말했다.

목소리는 돛천 때문에 다소 무뎌지기는 했지만 로빈슨의 귀에는 위압적으로 들렸다. 주위에 아무도 없을 때 가끔 선장에게 반항하는 항해사에게는 그렇지 않았지만.

“티눈 때문에 발가락이 아파서요.” 하고 항해사가 말했다.

“고양이를 대신 올려 보내.” 하고 바나바스 선장이 딱 잘라 말했다.

“고양이는 지금 보트에서 낚시 중입니다.”

“그러면 데려오면 될 것 아냐.” 선장이 발끈하며 말했다. “녀석은 벌써 보름째 내 장화에 광도 내지 않고 있어.” 선장은 아래로 내려갔다. 사다리 계단을 내려가 선장실로 가서는 경도와 위도를 다시 계산해 다도해의 위치를 파악하러 간 것이다.

“다음 주 목요일 전까지 선장님이 성질을 좀 죽여야 할 텐데. 아니면 돼지 구이를 맛있게 먹긴 글렀어!” 하고 항해사가 요리사에게 말했다.

그들은 어떤 물고기가 잡혔는지 보려고 갑판 반대편 끝으로 갔다. 보트가 올라오는 중이었다.

날이 더없이 청명했기 때문에 보트는 밤새 ‘파운드 오브 캔들스’ 호에 묶여 고물 쪽 현창(뱃전에 난 창문) 밑 유리 같은 수면 위에 떠 있었다.

고양이는 망원경을 들려 돛대 위로 보내졌고, 한동안 돛대 위에 있었다. 고양이는 아래로 내려와 아무것도 보이지 않는다고 말했지만 미심쩍은 보고였다. 그날 밤은 바다가 잔잔해 파수꾼이나 망루지기를 세우지 않았다. 누군가 보초를 선다면 그것은 오직 고양이 몫이었다. 나머지 선원들은 모두 카드놀이에 여념

이 없었다.

고양이와 로빈슨만 예외였다. 고양이는 돛천 밑에서 뭔가 꿈틀거리는 것을 보다가 겁에 질려 눈물범벅이 된 로빈슨을 발견했다. 로빈슨은 돼지고기에 대한 이야기를 엿들어서 알고 있었다.

"내가 눈치를 줄 만큼 줬잖아." 고양이가 로빈슨에게 말했다. "그게 아니면 뭣하러 너에게 꼬박꼬박 밥을 줬겠어? 그만 징징거려, 바보 꼬맹이! 울음 뚝 그치고 귀담아들어. 숨쉬기만큼이나 쉬운 일이니까. 너 노는 저을 수 있잖아."(로빈슨은 가끔 고기잡이를 나가 게를 몇 마리 낚은 적 있었다.)

"그리 멀리까지 가지 않아도 돼. 아까 돛대에 올라갔을 때 북북동 방향의 어떤 섬에서 봉 나무 꼭대기가 보였거든. 여기 다도해 해협은 너무 얕아서 '파운드 오브 캔들스' 호가 지나갈 수 없어. 내가 다른 보트는 모두 구멍을 낼게. 따라와. 내가 하라는 대로 해!" 하고 고양이가 말했다.

고양이는 순수한 우정에서, 그리고 요리사와 바

나바스 선장에 대한 앙심에서 로빈슨이 여러 가지 필요한 물건들을 챙기게 도와주었다. 신발, 봉랍, 손칼, 팔걸이의자, 낚시 도구, 밀짚모자, 톱, 파리 끈끈이, 감자를 심은 화분, 망원경, 주전자, 나침반, 망치, 밀가루 통, 곡식 통 하나 더, 작은 식수통, 컵, 찻주전자, 못, 들통, 나사돌리개 등등…….

"그걸 보니 생각나네." 고양이는 그렇게 말하고는

목공용 송곳을 가지고 갑판을 돌며 배에 남아 있던 보트 세 척에 커다란 구멍들을 뚫었다.

그 무렵 배 아래에서 불길한 소리가 들려오기 시작했다. 패가 잘 풀리지 않은 선원들이 카드놀이에 슬슬 싫증을 내기 시작한 것이다. 고양이는 서둘러 작별 인사를 하고 로빈슨을 뱃전 너머로 떠밀어 보냈고, 로빈슨은 보트 안 밧줄 속으로 숨었다. 고양이는 묶인 위쪽 밧줄을 풀어 로빈슨이 탄 보트 안으로 내던지고 삭구를 타고 올라가 그 위에서 잠든 척했다.

로빈슨은 휘청거리며 노 앞에 자리를 잡았다.

로빈슨은 노를 젓기에 다리가 너무 짧았다. 바나바스 선장은 선실에서 카드를 돌리려다 말고 카드를 든 채 잠시 귀 기울이다(요리사는 그사이를 틈타 카드를 들춰 보았다.) 마저 카드를 돌렸고, 그 소리에 잔잔한 바다 위로 노를 젓는 소리가 묻혔다.

카드놀이가 한 판 더 끝났을 때 선원 둘이 선실을 나와 갑판으로 올라갔다. 그들은 뭔가가 멀리 떨어져 있는 것을 발견했다. 생김새가 커다란 바퀴벌레와 비슷했다. 한 명은 뒷다리로 헤엄치는 거대한 바퀴벌레일 거라고 했고, 다른 한 명은 돌고래일 거라고 주장했다. 그들은 큰 소리로 말다툼을 벌였다. 요리사가 카드를 돌린 이후 매번 지기만 해서 갑판으로 올라온 선장이 말했다. “내 망원경을 가져와.”

망원경은 간데없었다. 신발과 봉랍, 나침반, 감자를 심은 화분, 밀짚모자, 망치, 못, 들통, 나사돌리개,

팔걸이의자도 없었다.

"보트를 타고 가서 저게 뭔지 살펴봐." 하고 부처 선장이 명령했다.

"보트는 그렇다 치고, 저건 돌고래 같은데요?" 하고 항해사가 반발하며 말했다.

"이런, 큰일 났다, 보트가 사라졌어!" 하고 한 선원이 소리쳤다.

"다른 보트를 가져가. 나머지 보트 세 척을 모두 동원해. 돼지와 고양이 짓이야!" 하고 선장이 으르렁거렸다.

"아뇨, 선장님, 고양이는 돛대 위에서 쿨쿨 자고 있어요."

"고양이 깨워! 돼지 도로 데려와! 사과 소스 다 버리게 생겼네!" 요리사는 고함을 지르며 발을 동동 구르고 나이프와 포크를 휘둘렀다.

대빗이 밖으로 뻗어 나왔다. 보트들이 바다 위에 철퍼덕 내려지고 선원들이 전부 보트 안으로 뛰어들어 미친 듯이 노를 저었다. 그러다 '파운드 오브 캔들스' 호 쪽으로 다시 미친 듯이 노를 저어 돌아왔는데, 대부분은 배로 돌아가는 게 기쁜 듯 보였다. 고양이 덕분에 보트마다 물이 심하게 샜기 때문이었다.

8

로빈슨은 노를 저어 '파운드 오브 캔들스' 호에서 멀어져 갔다. 노를 규칙적으로 당겼지만 로빈슨에게 노는 너무 무거웠다. 해는 넘어갔지만, 내가 알기로 열대 지방에서는 (직접 가 본 적은 없지만) 바다 위로 은은한 빛이 비춘다. 로빈슨이 노를 들 때마다 반짝이는 물방울이 노의 날에서 다이아몬드처럼 후드득 떨어졌다. 얼마 후 달이 수평선 위로 떠오르기 시작했다. 거대한 은 접시의 반쪽이 떠오르는 것 같았다. 로빈슨은 노질을 멈추고 배를 바라보았다. 배는 달빛 아래 잔물결 하나 없는 바다 위에서 미동도 하지 않았다. 그때 (로빈슨은 배에서 400미터가량 떨어져 있었다.) 선원 둘이 갑판으로 나와 로빈슨의 보트를 보고는 헤엄치는 바퀴벌레라고 생각했다.

로빈슨은 '파운드 오브 캔들스' 호에서 너무 멀리 떨어져 있어서 갑판에서 일어난 소동이 보이지도 들리지도 않았지만, 곧 보트 세 척이 추적을 시작했음을 알아챘다.

로빈슨은 저도 모르게 비명을 내지르며 미친 듯이 노를 저었다. 하지만 로빈슨이 노를 젓다 지치기도 전에 보트들은 되돌아갔다. 로빈슨은 고양이가 송곳으로 구멍을 뚫어 놓은 것이 생각났다. 보트에서 물이 새는 게 분명했다. 로빈슨은 밤새 느긋하게 노를 저었

다. 안 잘 생각이었다. 공기가 시원했다. 이튿날은 뜨거웠지만 로빈슨은 돛천을 덮고 곤히 잠이 들었다. 고양이가 텐트를 칠 경우를 대비해 자상하게 돛천을 챙겨 준 덕분이었다.

배는 시야에서 멀어졌다. 알다시피 바다는 완전히 평평하지 않다. 처음에는 선체가 안 보이더니, 그다음에는 갑판이 사라진 후 돛대의 일부만 보이다 결국 아무것도 보이지 않았다.

로빈슨은 선박을 기준으로 방향을 조정했다. 방향 표지판이 사라져 로빈슨이 나침반의 도움을 받으려고 돌아섰을 때, 쿠당 하는 소리와 함께 보트가 모래톱에 닿았다. 다행히 모래톱에 박히지는 않았다.

로빈슨은 보트 안에서 일어나 한쪽 노를 뒤쪽으로 저으며 주변을 둘러보았다. 봉 나무의 꼭대기가 눈에 들어왔다! 로빈슨은 30분쯤 노를 저어 크고 풍요로운 섬의 해변에 도달했고, 그 섬에서 편리하고 아늑한 만(灣)에 능숙한 솜씨로 상륙했다. 끓는 물이 은빛 개울을 이루며 흐르는 곳이었다. 물가는 온통 굴로 뒤덮

였고, 나무 위에는 새콤한 사탕과 과자가 주렁주렁 매달려 있었다.

고구마의 일종인 참마가 지천에 깔려 있어 익히기만 하면 됐고, 빵 나무에도 당의를 입힌 케이크과 머핀 들이 자라 굽기만 하면 됐다. 그래서 돼지는 죽이

그리워 한숨을 쉴 필요가 없었다. 머리 위로는 봉 나무가 우뚝 솟아 있었다.

그 섬에 대해 더 자세히 알고 싶다면 『로빈슨 크루소』를 읽어 보라. 봉 나무 섬은 로빈슨 크루소의 섬과 거의 같으면서도 단점이 하나도 없었다. 나는 그 섬에 직접 가 본 적은 없어서 18개월 후 그 섬으로 행복한 신혼여행을 다녀온 올빼미와 고양이의 경험담에 의지할 수밖에 없다. 그들은 그곳의 기후에 대해 신나게 이야기해 주었는데, 그곳은 올빼미가 지내기에는 너무 덥다고 했다.

훗날 스텀피와 꼬마 개 팁킨스가 로빈슨을 찾아 왔다. 로빈슨은 그곳 생활에 완전히 만족할 뿐 아니라 건강도 더할 나위 없이 양호하다고 했다. 스타이마우스로 돌아갈 생각은 전혀 없었다. 내가 알기로 로빈슨은 아직 그 섬에 살고 있다. 로빈슨은 갈수록 점점 더 살이 쪘고, 그 배의 요리사는 두 번 다시 로빈슨을 찾지 못했다.

아기 생쥐 세 마리 이야기

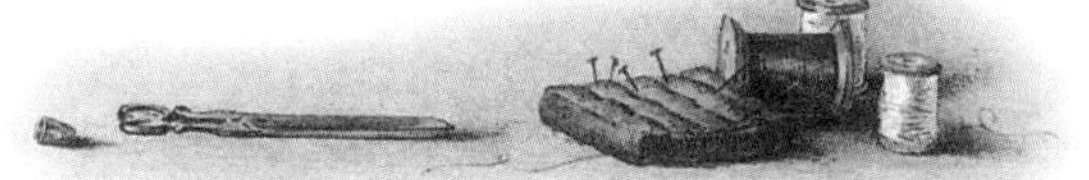

아기 생쥐 세 마리가

앉아 실을 자았다.

야옹이가 지나다가
안을 들여다보았다.

"꼬맹이 친구들아,
뭐 하고 있니?"

"신사용 외투를
짜고 있어."

"내가 들어가서

실을 끊어 줄까?"

"싫어! 야옹아, 너에게
머리를 끊기긴 싫어!"

엉큼한 고양이 이야기

엉큼한 고양이가 시궁쥐를 차 모임에 초대했다.

시궁쥐는 가장 좋은 옷을 차려입고 지하실 계단을 내려왔다.

둘은 부엌에서 차를 마셨다.

"안녕하세요, 시궁쥐 씨? 여기 의자에 앉으시죠?" 하고 고양이가 말했다.

“내가 먼저 내 빵과 버터를 먹을 테니,” 하고 고양이가 말했다. “댁은 남은 부스러기를 먹어요, 시궁쥐 씨!”

“손님을 푸대접해도 분수가 있지!” 하고 시궁쥐가 중얼거렸다.

"나는 내 차를 따를 테니," 고양이가 말했다. "댁은 우유병에 남은 찌꺼기를 핥아요, 시궁쥐 씨. 그 후에 나는 디저트를 먹을 거예요!" 고양이가 말했다.

"디저트로 나를 먹을 속셈이로구나. 오지 말걸 그랬어!" 불쌍한 시궁쥐가 중얼거렸다.

욕심쟁이 고양이는 우유병을 거꾸로 들고 마셨다! 시궁쥐에게 단 한 방울도 주기 싫어서.

하지만 시궁쥐는 탁자 위로 펄쩍 뛰어올라 우유병을 밀쳐 고양이 머리에 덮어씌웠다!

고양이는 머리에 우유병을 뒤집어쓰고 부엌 여기저기에 몸을 부딪혔다.

시궁쥐는 탁자에 올라 앉아 찻잔의 차를 마셨다.

그러고는 머핀을 종이 봉지에 담아 그곳을 떠났다.

시궁쥐는 앉은 자리에서 머핀을 다 먹어 치웠다. 이것으로 시궁쥐 이야기 끝.

고양이는 우유병을 식탁 다리에 부딪치게 해서 깼다. 이것으로 고양이 이야기 끝.

여우와 황새 이야기

"나리," 여우 토드 씨가 황새 킹 스토크에게 말했다. "함께 차를 마시는 영광을 누려도 될까요?" 킹 스토크는 고개를 숙여 인사한 후 여우와 여우의 집으로 향했다. 황새는 성큼성큼 걸었고 여우는 총총 걸었다.

토드 씨는 옹졸한 자라 황새의 몸집을 생각하고는 괜히 초대를 했구나 하고 금세 후회하며 꾀를 부렸

다. “손님이 오시면 저는 꼭 빅센 증조할머니의 더비[100] 산 다기를 씁니다.” 그는 납작한 찻잔 받침 두 개에 찻물을 따랐다.

킹 스토크는 길쭉한 부리 끝을 찻잔 받침에 담갔지만 한 방울도 제대로 마실 수가 없었다. 그래서 고개 숙여 인사하고는 떠났다. 토드 씨는 남은 차를 독차지

했다.

토드 씨는 너무 쩨쩨하게 굴었나 싶어 양심의 가책을 느끼던 차에 점심을 먹으러 오라는 킹 스토크의 초대장을 받고 깜짝 놀랐다. 초대장은 안절부절못하는 댕기물떼새가 가져왔다.

킹 스토크의 집은 오래되고 높은 집 지붕 위 높다란 굴뚝 기둥 끝에 있었다.

토드 씨는 날개가 없어 지붕 위로 날아오를 수 없었다. 그래서 킹 스토크는 아래로 내려와 집 뒷마당으로 마중을 나왔고, 토드 씨를 집 안으로

안내해 나사꼴 계단 위로 데려갔다.

그들이 다락방에 도착했을 때 맛있는 죽 냄새가 났다. 주둥이가 좁고 긴 유리병 두 개 안에 죽이 들어 있었다.

킹 스토크는 긴 부리를 유리병 안에 넣고 죽을 쭉쭉 들이켰지만 토드 씨는 입맛을 다시며 냄새만 맡을 수밖에 없었다.

얼마 후 토드 씨는 자리에서 일어나 말했다. "잘 지내세요!"

킹 스토크는 빈 유리병에서 부리를 뺐다. 그는 나이가 지긋한 과묵한 새라 딱 한마디만 했다. "눈에는 눈, 이에는 이!"

래빗네 크리스마스 파티 이야기

손님들이 도착하고

음식이 나오고

춤이 시작되었네

까막잡기[101] 놀이

불가에 둘러앉아 사과 구워 먹기

집에 가야 할 시간

주(註)

1 통곡물, 특히 통밀로 만든 검은 빛깔의 빵. 커피나 당밀을 추가하기도 한다.

2 장미과 나무딸기의 하나. 검은색 열매로 날것으로 먹거나 잼, 파이, 젤리를 만든다.

3 장미목의 관목으로 서양까치밥나무라고 부른다. 잔가지 잎 밑부분에 가시가 많고 높이는 1미터 정도로 자란다. 열매는 달고 신맛이 강해 고기나 생선 요리의 소스로 쓰였다. 특히 예로부터 영국의 일반 가정에서 여러 요리에 애용되고 있다.

4 쌍떡잎식물 초롱꽃목 국화과에 속하는 허브 식물. 원산지는 영국이나 현재는 전 세계에서 찾아볼 수 있으며, 차로 우려내어 마시면 불안을 가라앉히고 신경을 이완시키는 진정 효과가 있다.

5 청설모의 한 종류로 서양에서는 'red squirrel'로 부른다. 몸길이 약 20센티미터로 나무 위에서 주로 활동한다. 털은 여름철에는 진갈색을 띠지만 겨울철에는 검은색, 갈색, 회청색 등 다양한 빛깔을 띠며 배 부위는 항상 흰색이다. 산림지대에 서식하며 견과나 과일, 새알, 곤충 등을 먹는다. 늦은 가을에 월동을 위해 견과를 나무 구멍이나 땅속에 저장한다.

6 자작나뭇과의 활엽 떨기나무. 2~3미터 높이로 자라며 9월에 맺는 견과는 식용하고 약용한다.

7 서양쐐기풀. 몸 전체에 쐐기 모양의 가시털이 있으며 봄철에 수확한 잎은 부드러워 삶거나 말려 수프에 넣어 식용한다.

8 참나무 잎에 생기는 동그란 혹.

9 참나뭇과의 낙엽 활엽 교목. 20미터 정도로 자라며 10월에 견과를 맺고 건축재나 땔감 등으로 쓰인다.

10 훈제한 청어. 관용적으로 혼동이나 위장을 위한 거짓 단서를 의미하기도

한다.

11 마디풀과의 여러해살이풀. 어린 풀은 식용한다.

12 식물의 줄기나 잎, 뿌리에 난 혹.

13 작고 신맛이 나는 야생 능금나무의 열매.

14 골풀과의 여러해살이풀. 1미터 정도로 자라며 말린 줄기는 약재나 돗자리, 방석, 바구니를 짜는 데 애용된다.

15 개더(홈질을 해 잡아당겨 만든 잔주름), 플리트(모양을 잡아 고정시킨 주름), 플레어(나팔꽃 모양으로 벌어진 밑단)로 물결 모양의 주름을 잡은 장식. 주로 소매나 옷깃에 장식한다.

16 골, 이랑 무늬가 있는 고급 견직물. 근대 초 유럽에서 유래했다.

17 가느다란 가로 골이 난 평직물.

18 앞면이 은은하고 매끄러운 수자직 견직물.

19 광택이 나는 민무늬 견직물. 주로 여성의 드레스와 리본감으로 쓰였다.

20 날실을 조밀하게 하고 씨실을 여러 올로 짜 굵은 가로 골이 있는 견직물.

21 길고 품질이 좋은 양털을 빗어 꼬아 만든 실.

22 송충이 모양의 솜털 실로 짠 직물로 고급 외투와 드레스에 사용한다.

23 몇 가닥의 실을 꼬아 만든 강도가 높고 탄성이 좋은 실.

24 바닥에서 1~1.5미터까지 판재를 붙이거나 다르게 도료를 칠해 마무리한 하단부 벽.

25 자수틀을 끼워 사슬뜨기로 놓는 자수.

26 고치를 켠 그대로 꼬지 않은 명주실로 각종 색으로 물들여 수를 놓는 데 쓰인다.

27 고목을 갉아먹는 작은 곤충으로 갉아먹는 소리가 째깍거리는 시계 소리와 비슷하다.

28 건포도 등 말린 과일과 향신료, 오일 등을 섞어 동그랗고 작게 빚어 구워 낸 파이. 영국에서 유래했으며 전 세계 영미권 지역에서 크리스마스날에 먹는다.

29 동요 「Hey, diddle, diddle」의 첫째, 둘째 구절은 다음과 같다. “어이, 디

들, 디들, 고양이와 바이올린,/ 암소는 달을 뛰어넘고 강아지는 그걸 보고,/ 웃음보를 터뜨리고,/ 접시는 스푼을 가지고 달아났다네."

30 몸집이 비교적 작고 뿔이 길고 고부라진 스코틀랜드 산 소.

31 페니의 4분의 1에 해당하는 옛 영국 화폐.

32 이른 가을 들판에 하얗게 피어나며 길고 타원형인 잎은 은빛 초록색을 띤다. 잎사귀를 태운 연기를 마시면 축농증, 코감기 등 호흡기 질환에 좋고 차로 마시면 심신 안정에 도움이 된다.

33 씨실과 날실 모두 가는 소모사로 짠 가볍고 보온성과 탄성이 좋은 모직물. 여성의 블라우스와 드레스감이나 이불감으로 애용되었다.

34 사고 야자나무 열매에서 얻는 쌀알 모양의 하얀 전분으로 우유와 섞어 디저트를 만든다.

35 줄무늬 새끼 고양이.

36 한쪽 면은 광택이 나고 다른 면은 어두워 무늬가 도드라져 보이는 자카드 직물. 아름다운 무늬로 커튼이나 드레스, 식탁보 등에 쓰인다.

37 한쪽 면을 기모시켜 부드럽고 따뜻한 촉감의 면직물.

38 단추가 세 개에 앞판의 허리 아래는 없고 뒤판은 제비 꼬리처럼 두 갈래로 길게 내려오는 남성 서양 예복.

39 설탕, 달걀, 크림, 우유, 베이킹파우더를 넣은 밀가루 반죽을 둥근 틀에 부어 오븐에서 구운 빵. 영국에서는 아침 식사나 오후 티타임에 주로 먹는다. 취향에 따라 베이컨이나 햄, 과일을 넣기도 한다.

40 밀가루에 버터와 우유, 설탕 등을 넣은 파이 패티를 작고 둥글고 납작하게 빚어 굽는다. 파이 껍질에 파이 패티를 채워 굽거나 파이 접시에 패티를 채우고 파이 껍질을 덮어 굽는다. 이 이야기처럼 파이 틀에 파이 패티를 채우고 파이 껍질을 덮은 후 파이 접시에 얹어 굽기도 했다.

41 영어로 까치를 magpie 혹은 pie로 부르기도 한다.

42 미나리아재비과(buttercup family)의 풀. 미나리아재비과는 종류가 다양하나 이 글에서는 문맥상 개구리자리로 봐야 한다. 키는 50센티미터 정도이

고 축축한 양지나 습지, 개울가에 서식한다. 이 풀이 자라는 곳에 개구리가 많다고 해서 개구리자리라는 이름이 붙었다. 봄부터 여름까지 키 작은 줄기에 윤기 있는 노란 꽃이 컵 모양으로 핀다고 해서 서양에서는 buttercup이라는 이름이 붙었다. 미나리아재비 속의 학명 ranunculus는 '작은 개구리'를 뜻하는 라틴어다.

43 몸길이 8~16센티미터 정도의 잉엇과의 작은 민물고기. 하천과 하류의 여울에 서식하며 돌이나 모래에 붙은 미생물과 수생 곤충을 먹는다.

44 연못이나 늪에서 나는 수련과의 여러해살이 수초. 뿌리줄기가 밑바닥으로 뻗고 수염뿌리가 많으며, 잎은 길이가 12센티미터 정도이고 뿌리에서 뭉쳐 나는데 말굽 모양이다.

45 몸통은 납작하고 가시는 등지느러미에 세 개, 배지느러미와 뒷지느러미에 한 개씩 있다. 강 하류의 모래나 진흙 바닥에 살며 곤충과 갑각류, 치어를 먹는 육식성 물고기다.

46 연어과의 바닷물고기로 동물성 플랑크톤이나 작은 물고기 등을 먹는다. 산란기 때 바다에서 강으로 올라오는데, 5월, 6월에 강으로 들어와 8월~10월에 강 상류에서 산란 후 죽는다. 부화된 치어는 1, 2년간 강에서 살다 바다로 내려간다.

47 연어과의 바닷물고기. 몸길이는 60센티미터 정도이며 등은 짙은 푸른색, 배는 은백색이다. 여름철 산란기에 강으로 올라와 알을 낳는데 한국, 일본 등지에 분포한다.

48 꼬치고깃과의 육식성 민물고기. 북아메리카와 유럽 등지의 수초가 많은 민물 호수 바닥에 서식하며 몸집이 45~75센티미터로 크다. 성격이 포악하고 먹성이 좋아 서식지 내의 개구리, 갑각류, 소형 포유류, 새, 물고기 등 닥치는 대로 먹어치운다.

49 1미터 정도 자라는 다년초로 곧게 자라며 7월, 8월에 통 모양의 보라색, 분홍색, 노란색 꽃이 핀다.

50 양치기 개로 몸집이 크고 영민하다.

51 여우 사냥에 쓰이는 후각이 예민한 개.

52 반죽을 밀방망이로 둥그렇고 얇게 민 후 잼이나 시럽을 바르고 나서 속을 넣고 소시지 모양으로 돌돌 말아 오븐에 굽거나 찌는 푸딩.

53 쥣과의 하나로 대개 몸집이 크며 등 쪽은 갈색이고 아래쪽과 발은 회색이나 흰색이며 인가나 하수구에 산다.

54 지붕이나 벽에 회반죽을 바를 때 엮어 넣는 나뭇가지나 수숫대 따위를 이르는 말.

55 자루에 싸서 끓이거나 데친 푸딩.

56 곰쥐, 시궁쥐, 생쥐 등 인가에 사는 쥐들을 집쥐라 하고, 들이나 숲에 사는 쥐들을 들쥐라 한다.

57 사납고 영리하며 날쌘 사냥개.

58 고무풀이 나오기 전까지 편지나 포장물, 병 따위를 봉하고 붙이는 데 쓰였던 수지 재질의 혼합물.

59 사탕무나 사탕수수에서 사탕을 뽑아내고 남은 검은 즙.

60 20세기 중반에 유행한 동요 「꼬마 머펫 양(Little Miss Muffet)」에서 거미에게 놀란 겁 많은 소녀.

61 국화과 식물의 씨방 끝에 붙은 솜털 뭉치로 씨앗이 붙어 있다.

62 황산앵초. cowslip이라는 이름은 소의 배설물 주변에 많이 핀다고 해서 붙은 이름이다. 4월, 5월에 샛노란 꽃이 피는데 약용하거나 두통에 좋아 차로 음용한다.

63 꿀벌과의 곤충. 암컷은 쥐나 두더지가 파 놓은 굴에 밀랍으로 방을 짓고 산란하며 꽃가루와 꿀을 저장한다.

64 털실이나 면, 레이온의 혼방사로 짠 능직 또는 평직물. 털이 보풀보풀 일어나고 촉감이 부드러우며, 셔츠나 양복감으로 많이 쓰인다.

65 청설모의 한 종류로 서양에서는 gray squirrel로 부른다. 털은 잿빛 갈색이며 네 다리와 귀의 긴 털은 검은색이다. 흔히 다람쥐라 부르는 무늬다람쥐(chipmunk)보다 덩치가 크다. 견과, 과일, 곤충, 새알 등을 먹고 주로 나

무 위에서 활동하며, 겨울에 동면은 하지 않고 나무 구멍이나 나뭇잎 틈에 굴을 만들어 생활한다.

66 몸이 비교적 작고 적갈색 바탕에 다섯 개의 줄무늬가 있어 무늬다람쥐라고도 부르며, 땅속에 굴을 파고 보금자리를 만든다. 우리나라 야산에서 흔히 볼 수 있는 다람쥐다.

67 족제빗과의 동물. 생김새는 너구리와 비슷하고 날카롭고 긴 발톱이 난 앞발로 땅을 잘 판다. 날카로운 이빨도 위력적인데, 위기에 처하면 죽은 척하다가 역습하거나 도망을 친다. 잡식성으로 영국에서는 오소리가 고슴도치와 인가의 양, 닭을 잡아먹는다고 알려져 있다. 우리나라에서는 여우나 너구리와도 한 굴에서 잘 지낼 만큼 넉살이 좋은 동물을 상징했다.

68 땃쥣과의 동물. 생김새는 생쥐와 비슷하고 잿빛 갈색의 털이 부드럽다. 사향과 비슷한 악취를 내 고양이와 뱀이 싫어한다.

69 히코리나무 열매로 돼지 먹이로 쓰였다.

70 북반구 온대에 광범위하게 분포하는 여러해살이풀로, 7월, 8월에 노란 꽃이 피며 줄기와 어린잎은 식용한다. 신맛이 나 '시금초'로 불리며 병이 난 고양이가 뜯어먹는다는 항간의 속설이 있다.

71 볏과의 한해살이풀로 모양이 보리와 비슷하나 열매에 독성인 알칼로이드가 들어 있다.

72 백합과의 여러해살이 알뿌리식물. 초여름에 종 모양의 꽃이 각기 여러 빛깔로 피어난다.

73 까마귓과의 새. 나뭇가지 사이를 이동할 때나 땅 위에서 걸을 때 통통 튀듯 움직인다. 천적이 영역 안으로 들어오면 맹금류의 소리를 흉내 내 경계한다. 산까치라고도 불린다.

74 모기를 닮은 깔따굿과의 곤충. 유충은 구더기처럼 생겼고, 진흙이나 물속, 혹은 부패하는 식물에 서식하며 주로 황혼 녘에 떼를 지어 성가시게 나타난다.

75 동그란 철제 팬 안에 불이 붙은 석탄을 넣어 침대를 데우는 데 쓰였던 자루

가 긴 난로.

76 고대에 유황을 태운 연기는 소독 작업에 이용되었다.

77 베이컨에 달걀 프라이를 얹은 요리.

78 영미권에서 아이들에게 책임과 처벌을 가르치기 위해 애창되는 동요인 「피리 부는 사람의 아들 톰(Tom, Tom The Pipers Son)」의 1절. 이 동요는 긴 형태와 짧은 형태가 있다.

79 동요. 「장터에 가자, 장터에 가자, 살찐 돼지를 사러(To market, to market, to buy a fat pig)」의 1절.

80 영국 버크셔 원산의 돼지. 목과 다리, 주둥이가 짧고, 피부와 털이 검고 코 끝, 다리 끝, 꼬리 끝은 하얗다.

81 잉글랜드 북서부 컴브리아 남동부의 옛 이름으로 시인 워즈워스와 콜리지가 자연을 찬미한 곳.

82 울새의 수컷.

83 피글링 블랜드 이야기의 대목이다.

84 잉글랜드 동북부 던햄의 항구 도시.

85 영국의 전래 동요 「시소, 마저리 도우(See-Saw, Margery Daw)」에서 따온 이름.

86 웨일스 지방의 항구 도시.

87 1871년 에드워드 리어(Edward Lear)가 발간한 『난센스의 노래와 이야기와 식물학과 알파벳(Nonsense Songs, Stories, Botany, and Alphabets)』에 수록된 시 「올빼미와 고양이(The Owl and the Pussycat)」. 올빼미와 고양이는 5파운드 지폐에 꿀과 많은 돈을 싸서 연두색 배를 타고 봉 나무가 자라는 섬에 도착했다. 반지가 없어서 결혼을 하지 못하던 중 섬에서 코에 고리를 건 돼지를 만나 1실링을 주고 고리를 사서 그것을 반지 삼아 칠면조의 주례로 결혼을 하고 다 함께 손을 잡고 즐겁게 춤을 추었다.

88 잉글랜드 남서부 지방 데번의 옛 이름.

89 깊은 산속의 나무 그늘이나 습지에서 자란다. 7월, 8월에 자주색 꽃이 피고

어린잎은 식용하고 뿌리는 약용한다.

90 장기 항해 때 비타민 부족으로 괴혈병이 발병하기 쉬워 선원들은 항해 시 양파를 반드시 먹었다.

91 지혈제, 혈당 강화제, 강장제 등 여러 가지 용도로 쓰인 약초.

92 방울새는 예수의 수난을 상징해 예로부터 인내와 끈기와 결실을 의미한다.

93 털 색깔이 짙고 덩치가 큰 테리어 종의 개.

94 몸집이 작은 새 사냥용 개.

95 음력 보름과 그믐 무렵에 밀물이 가장 높은 때.

96 버터를 넣은 잉글랜드식 팬케이크.

97 스칸디나비아반도와 핀란드 북부, 러시아 콜라반도를 포함한 유럽 최북단 지역.

98 극권의 툰드라에 서식하는 올빼미로 대개 수컷은 온몸이 하얗고 암컷은 검은 점무늬가 있으며 겨울에는 남하했다가 북쪽으로 돌아간다.

99 닻을 끌어올리거나 배 옆에 달린 보트를 올리거나 내리는 작은 데릭 기중기.

100 잉글랜드 중부 도시로 왕관 무늬를 넣은 도자기 제품으로 유명하다.

101 술래가 수건 등으로 눈을 가리고 다른 사람을 잡는 놀이. 잡힌 사람이 그다음 술래가 된다.

베아트릭스 포터

1866–1943
Beatrix Potter

베아트릭스 포터는 영국 런던 켄싱턴에서 방적공장(랭커셔)을 소유한 상류층 가정의 외동딸로 태어났으며, 동물을 사랑하는 수줍음 많은 문학소녀였다. 버터 바른 토스트를 좋아하는 '벤저민'과 장기를 많이 부리는 '피터'라는 이름의 토끼, 그리고 개구리, 박쥐 등을 키우면서 자연과 교감하는 감각을 키웠다. '피터'를 데리고 스코틀랜드를 여행하던 중에 가정교사의 어린 아들 노엘이 아프다는 말을 듣고는 그 소년을 위로하기 위해 지은 동화가 『피터 래빗 이야기』(1902)다.

어린 시절 동물 친구들을 그리고 이야기 짓기를 즐기던 베아트릭스는 '왕립식물원'에서 버섯을 연구하고 스케치를 했다. 그녀의 논문은 당시 여성의 입회를 허가하지 않았던 '영국린네협회'에서 인정받았음에도 불구하고 여성이라는 이유로 식물학자가 되는 걸 포기해야 했다. 그러나 좌절은 결코 실패가 아니다. 베아트릭스는 크리스마스카드를 제작하고 수채화 실력을 더욱 발전시키면서, 『이상한 나라의 앨리스』, 『신데렐라』 등 자신이 좋아하는 작품에 일러스트를 그렸다.

베아트릭스는 처음에 『피터 래빗 이야기』를 여러 출판사로부터 거절당하여 자비출판을 했는데, 초판이 두 주 만에 동이 나는 바람에 컬러 판본을 정식 출간하게 되었다. 그 후로 『다람쥐 넛킨 이야기』, 『벤저민 버니 이야기』, 『못된 두 생쥐 이야기』, 『파이와 파이 틀 이야기』, 『글로스터의 재봉사 이야기』 등 작은 그림책들의 연이은 성공으로 세계적인 베스트셀러 작가가 된다. 베아트릭스는 1903년에 조끼 입은 피터 인형을 직접 디자인하고 또 영국특허국에 등록함으로써, '피터 래빗'은 세계에서 가장 오래된 상표 등록된 문학 캐릭터가 된다.

베아트릭스는 자신의 작품 세계를 이해해 주는 편집자 노먼과 사랑에 빠진다. 아직 엄격한 신분제 사회였던 빅토리아 시대에 가족의 반대를 무릅쓴 힘겨운 연애였으나, 약혼한 지 한 달 만에 노먼이 급성백혈병으로 사망하는 비극을 겪는다. 이 러브스토리는 르네 젤위거가 주연한 영화 「미스 포터」에서 볼 수 있다.

베아트릭스는 상실감을 달래기 위해 자기 작품의 배경이 되는 잉글랜드 북서부 레이크디스트릭트 지역의 '힐탑하우스'로 이사한다. 이 새로운 집필 장소는 제2의 인생을 사는 계기가 된다. 베아트릭스는 이곳에서 농부가 되더니, 허드윅 면양을 가장 잘 키워서 지역 협회 최초의 여성 회장이 되기도 했다.

그러나 무엇보다도 무분별한 개발에 반대하고 자연보호에 앞장서는 환경운동가로 변신한다. 베아트릭스는 이곳을 순례하는 미국 독자들의 성금과 인세를 모아 농장들을 사들이기 시작했다. 지역개발 요구에 맞서 자연을 보호하기 위해 사방팔방으로 노력했고, 사십 대 후반에 이 외로운 투쟁을 도왔던 지방 변호사 윌리엄 힐리스와 결혼하였다.

그렇게 모은 자신의 땅을 이후 '내셔널트러스트'에 기증하였고, 이러한 노력 덕분에 내셔널트러스트는 세계적인 환경운동의 중심지가 되었다. 시인 윌리엄 워즈워스의 자취도 담고 있는 레이크디스트릭트는 지금도 세계 독자들이 찾는 아름다운 명소이다. 베아트릭스의 작품은 이처럼 삶 자체가 아름다운 이야기가 된 작가의 영혼이 깃든 영원한 고전이다.

약혼자의 죽음으로 낙심한 베아트릭스 포터가
새로운 집필 장소로 선택한 레이크디스트릭트의 힐탑하우스

베아트릭스 포터, 아버지와 남동생 버트럼과 함께(1894)

옮긴이 황소연　말 수집가, 글 노동자. 연세대학교를 졸업하고 출판기획자 및 전문 번역가로 활동하고 있다. 서머싯 몸의 『인생의 베일』, 찰스 부코스키의 『위대한 작가가 되는 법』, 메리 셸리의 『프랑켄슈타인』, 어니스트 헤밍웨이의 『가진 자와 못 가진 자』 등을 옮겼다.

피터 래빗 전집
THE TALE OF PETER RABBIT

1판 1쇄 펴냄　2018년 5월 5일
1판 4쇄 펴냄　2022년 2월 25일

지은이　베아트릭스 포터
옮긴이　황소연
발행인　박근섭, 박상준
편집인　양희정
펴낸곳　**(주)민음사**

출판등록　1966. 5. 19. (제16-490호)
주소　서울시 강남구 도산대로1길 62
강남출판문화센터 5층 (06027)
대표전화　02-515-2000 팩시밀리 02-515-2007
www.minumsa.com

ISBN　978-89-374-3698-7 (03840)

* 잘못 만들어진 책은 구입처에서 교환해 드립니다.